"一带一路"沿线国家经典诗歌文库
（第一辑）

主编　赵振江

副主编　蒋朗朗　宁琦　张陵　黄怒波

塔吉克斯坦诗选

邓　新　　王惠娟　　张　雷　编译

作家出版社

译者邓新

邓新

一九七五年出生，新疆阿勒泰人，祖籍四川。

新疆师范大学民族学专业硕士研究生毕业，中国社会科学院边疆所在读博士。

二〇〇九年二月至二〇一五年四月任塔吉克斯坦国立民族大学孔子学院中方院长。现为新疆师范大学国际文化交流学院副教授。

发表核心期刊学术论文五篇，其他期刊论文三篇，出版个人诗歌集《面对》，先后完成或承担省部级、厅局级课题六项。二〇一五年起担任《大陆桥》塔文版审稿专家，二〇一七年起作为专家参与《习近平谈治国理政》塔文版校审工作。

译者王惠娟

王惠娟

一九八〇年出生，祖籍河南。

二〇〇二年毕业于解放军外国语学院汉语言文学专业，二〇一三年获得塔吉克斯坦民族大学塔吉克语言文学硕士学位。

曾在塔吉克斯坦民族大学孔子学院任教十年，熟练掌握塔吉克语。现就职于新疆师范大学国际合作与交流处。

参与丝绸之路汉语系列教材的塔文翻译校对工作，组织参与《习近平谈治国理政》第一卷、第二卷塔文版的校审工作，编辑出版教材《初级塔吉克语》。

译者张雷

张雷

一九八七年生于新疆精河县。

二〇一四年毕业于新疆师范大学国际文化交流学院，塔吉克斯坦民族大学塔吉克语专业在读博士。

目前从事塔吉克语翻译、塔吉克语语言学研究等工作。

参与编辑塔吉克文版教材《新丝路汉语》第一册（下），《新丝路汉语》第二册（上）。在塔吉克斯坦《当代语言传播问题比较》等刊物发表论文三篇。

目　录

1

总　序

二〇一三年秋，习近平主席先后提出建设"丝绸之路经济带"和"二十一世纪海上丝绸之路"（简称"一带一路"）的倡议。"一带一路"一经提出，便在国外引起强烈反响，受到沿线绝大多数国家的热烈欢迎。如今，它已经成了我们在政治、经济和文化生活中最具活力的词语。"一带一路"早已不是单纯的地理和经贸概念，而是沿线各国人民继往开来、求同存异、构建人类命运共同体的幸福路、光明路。正如一首题为《路的呼唤》[1]的歌中所唱的：

　　……

　　有一条路在呼唤

　　带着心穿越万水千山

　　千丝万缕一脉相传

　　就注定了你我相见的今天

　　这一条路在呼唤

　　每颗心都是远洋的船

　　梦早已把船舱装满

　　爱是我们共同的家园

　　……

习主席关于构建人类"政治互信、经济融合、文化包容的利益共同体、命运共同体和责任共同体"的主张是人心所向，众望所归。联合国将"构

1　《路的呼唤》：中央电视台特别节目《一带一路》主题曲，梁芒作词，孟文豪谱曲，韩磊演唱。

建人类命运共同体"写入大会决议,来自一百三十多个国家的约一千五百名贵宾出席二〇一七年五月十四日在北京举行的"一带一路"国际合作高峰论坛,就是最有力的证明。

在国与国之间,政治互信、经济融合、文化包容的基础在民心,而民心相通的前提是相互了解和信任。正是出于这样的理念,我们决定编选、翻译和出版这套"'一带一路'沿线国家经典诗歌文库",因为诗歌是"言志"和"抒情"最直接、最生动、最具活力的文学形式,诗歌最能反映大众心理、时代气息和社会风貌。"'一带一路'沿线国家经典诗歌文库"是加强沿线各国人民之间相互了解和信任的桥梁。

"'一带一路'沿线国家经典诗歌文库"的创意最初是由作家出版社前总编辑张陵和中国诗歌学会会长骆英在北京大学诗歌研究院院会提出的。他们的创意立即得到了谢冕院长和该院研究员们的一致赞同。但令人遗憾的是,在本校的研究员中只有在下一人是外语系(西班牙语)出身,因此,他们就不约而同地把这套书的主编安在了我的头上。殊不知在传统的"一带一路"沿线国家中,没有一个是讲西班牙语的。可人家说:"一带一路"是开放的,当年"海上丝绸之路"到了菲律宾,大帆船贸易不就是通过马尼拉到了墨西哥吗?再说,巴西、智利、阿根廷三国的总统不是都来参加"一带一路"国际合作高峰论坛了吗?怎么能说"一带一路"和西班牙语国家没关系呢?我无言以对。

古丝绸之路是指张骞(前一六四年至前一一四年)出使西域时开辟的东起长安,经中亚、西亚诸国,西到罗马的通商之路。二〇一三年九月七日,习近平主席在哈萨克斯坦纳扎尔巴耶夫大学演讲时,提出共建"丝绸之路经济带"的主张,赋予了这条通衢古道以全新的含义,使欧亚各国的经济联系更加紧密、相互合作更加深入、发展空间更加广阔,从而造福沿途各国人民。至于古老的"海上丝绸之路",自秦汉时期开通以来,一直是沟通东西方经济和文化交流的重要渠道,尤其是东南亚地区,自古就是"海上丝绸之路"的重要枢纽。习主席建设"二十一世纪海上丝绸之路"的构想使其在新的历史起点上,有了更加重要而又深远的意义。

"一带一路"沿线国家主要包括西亚十八国(伊朗、伊拉克、格鲁吉亚、亚美尼亚、阿塞拜疆、土耳其、叙利亚、约旦、以色列、巴勒斯坦、沙特阿拉伯、巴林、卡塔尔、也门、阿曼、阿拉伯联合酋长国、科威特、黎巴嫩),中亚五国(哈萨克斯坦、土库曼斯坦、吉尔吉斯斯坦、乌兹别克斯坦、塔吉克斯坦），南亚八国（尼泊尔、不丹、印度、巴基斯坦、孟加拉国、斯里兰卡、马尔代夫、阿富汗），东南亚十一国（印度尼西亚、马来西亚、菲律宾、新加坡、泰国、文莱、越南、老挝、缅甸、柬埔寨、东帝汶），中东欧十六国（阿尔巴尼亚、波斯尼亚和黑塞哥维那、保加利亚、克罗地亚、捷克、爱沙尼亚、匈牙利、拉脱维亚、立陶宛、马其顿、黑山、罗马尼亚、波兰、塞尔维亚、斯洛伐克、斯洛文尼亚）。独联体四国（俄罗斯、白俄罗斯、乌克兰、摩尔多瓦），再加上蒙古和埃及等。

从上述名单中不难看出，"一带一路"沿线国家多为文明古国，在历史上创造了形态不同、风格各异们灿烂文化，是人类文明宝库重要的组成部分。诗歌是文学的桂冠，是文学之魂。文明古国大都有其丰厚的诗歌资源，尤其是经典诗歌，凝聚着国家和民族的精神和理想。各国之间的文化交流与经贸往来，既相互交融又相互促进，可以深化区域合作，实现共同发展，使优秀文化共享成为相关国家互利共赢的有力支撑，从而为实现习主席构建人类命运共同体的伟大目标打下坚实的文化基础。

"一带一路"沿线国家多是发展中国家。长期以来，我们一直比较重视对欧美发达国家诗歌的译介，在"经济一体、文化多元"的今天，正好利用这难得的契机，将这些"被边缘化"国家的传统文化和民族精神纳入"一带一路"的建设，充分发掘它们深厚的文化底蕴，让它们的古老文明在当代世界发挥积极作用，使"文库"成为具有亲和力和感召力的文化桥梁。

"一带一路"沿线国家又多是中小国家。它们的语言多是非通用的"小语种"，我国在这方面的人才储备相对稀缺，学科建设相对薄弱；长期以来，对这些国家的文学作品缺乏系统性的译介和研究。从这个意义上说，"文库"的出版具有填补空白的性质，不仅能使我们了解这些国家的诗歌，也使相关的学科建设和学术研究有了新的生长点。

"'一带一路'沿线国家经典诗歌文库"的现实意义和深远影响已经很清楚了，但同样清楚的是其编选和翻译的难度。其难点有三：一是规模庞大，每个国家一卷，也要六十多卷，有的国家，如俄罗斯、印度，还不止一卷；二是情况不明，对其中某些国家的诗歌不是一无所知也是知之甚少，国内几乎从未译介过，如尼泊尔、文莱、斯里兰卡等国；三是语言繁多，有些只能借助英语或其他通用语言。然而困难再多，编委会也不能降低标准：一是尽可能从原文直接翻译，二是力争完整地呈现一个国家或地区整体的诗歌面貌。

总之，"文库"的规模是宏大的，任务是艰巨的，标准是严格的。如何完成？有信心吗？答案是肯定的。信心从何而来呢？我们有译者队伍和编辑力量做保证。

"'一带一路'沿线国家经典诗歌文库"的编译出版由北京大学外国语学院和作家出版社联袂承担，可谓珠联璧合，阵容强大。

北京大学外国语学院是国内外国语言文学界人才荟萃之地，文学翻译和研究的传统源远流长。北大外院的前身可以追溯到京师同文馆（一八六二年）和京师大学堂（一八九八年）。一九一九年北京大学废门改系，在十三个系中，外国文学系有三个，即英国文学系、法国文学系、德国文学系。一九二〇年，俄国文学系成立。一九二四年，北京大学又设东方文学系（其实只有日文专业）。新中国成立后，东语系发展迅速，教师和学生人数都有大幅度增长。一九四九年六月，南京东方语言专科学校和中央大学边政学系的教师并入东语系。到一九五二年京津高校院系调整前，东语系已有十二个招生语种、五十名教师、大约五百名在校学生，成为北大最大的系。

一九五二年院系调整时，重新组建西方语言文学系、俄罗斯语言文学系和东方语言文学系。其中西方语言文学系包括英、德、法三个语种，共有教师九十五人，分别来自北大、清华、燕大、辅仁、师大等高校（一九六〇年又增设西班牙语专业）；俄罗斯语言文学系共有教师二十二人，分别来自北大、清华、燕大等高校；东方语言文学系则将原有的西藏语、维吾尔语、西南少数民族语文调整到中央民族学院，保留蒙古、朝鲜、日、越南、暹罗、印尼、缅甸、印地、阿拉伯等语言，共有教师四十二人。

北京大学外国语学院于一九九九年六月由英语系、西语系、俄语系和东语系组建而成，下设十五个系所，包括英语、俄语、法语、德语、西班牙语、葡萄牙语、日语、阿拉伯语、蒙古语、朝鲜语、越南语、泰国语、缅甸语、印尼语、菲律宾语、印地语、梵巴语、乌尔都语、波斯语、希伯来语等二十个招生语种。除招生语种外，学院还拥有近四十种用于教学和研究的语言资源，如意大利语、马来语、孟加拉语、土耳其语、豪萨语、斯瓦希里语、伊博语、阿姆哈拉语、乌克兰语、亚美尼亚语、格鲁吉亚语、阿塞拜疆语等现代语言，拉丁语、阿卡德语、阿拉米语、古冰岛语、古叙利亚语、圣经希伯来语、中古波斯语（巴列维语）、苏美尔语、赫梯语、吐火罗语、于阗语、古俄语等古代语言，藏语、蒙语、满语等少数民族及跨境语言。学院设有一个一级学科博士点、十个二级学科博士点和一个博士后流动站，为北京市唯一外国语言文学重点一级学科。学院师资力量雄厚：全院共有教师二百一十二名，其中教授六十名、副教授八十九名、助理教授十六名、讲师四十七名，拥有博士学位的教师一百六十三人，占教师总数的百分之七十七。

从以上的介绍不难看出，北京大学外国语学院的语言教学和科研涵盖了"一带一路"的大部分国家，拥有一批卓有成就的资深翻译家和崭露头角的青年才俊，能胜任"文库"的大部分翻译工作。至于一些北大没有的"小语种"国家，如某些中东欧国家，我们邀请了高兴（罗马尼亚语）、陈九瑛（保加利亚语）、林洪亮（波兰语）、冯植生（匈牙利语）、郑恩波（阿尔巴尼亚语）等多名社科院外文所和兄弟院校的专家承担了相应的翻译工作，在此谨对他们表示诚挚的敬意和衷心的感谢。

有好的翻译，还要有好的编辑。承担"'一带一路'沿线国家经典诗歌文库"编辑出版任务的作家出版社是国家级大型文学出版社，建社六十多年来出版了大量高品质的文学作品，积累了宝贵的资源和丰富的经验。尤其要指出的是，社领导对"文库"高度重视，总编辑黄宾堂、前总编辑张陵、资深编审张懿翎自始至终亲自参与了所有关于"文库"的工作会议，和北大诗歌研究院、北大外国语学院的领导一起，精心策划，全力以赴，保证了"文库"顺利面世。

最后还要说明的是，"'一带一路'沿线国家经典诗歌文库"得到了北大校领导的大力支持。"文库"第一批图书的出版恰逢北京大学建校一百二十周年（一八九八年至二〇一八年），编委会提出将这套图书作为对校庆的献礼。校领导欣然接受了编委会的建议，并在各方面给了大力支持，校党委宣传部部长蒋朗朗同志从始至终参与了"文库"的策划和领导工作。至于北京大学外国语学院的领导更是责无旁贷地承担了全部翻译工作的设计、组织和落实。没有他们无私忘我、认真负责的担当，完成这样艰巨的任务是不可能的。

"'一带一路'沿线国家经典诗歌文库"第一批诗作即将出版，这只是第一步，更艰巨的工作还在后头；更何况随着时间的推移，"一带一路"的外延会进一步扩展，"文库"的工作量和难度也会越来越大。但无论如何，有了这样的积累，我们完全有理由相信，"'一带一路'沿线国家经典诗歌文库"会越来越好。为了实现这样的目标，我们期待着领导、业内同仁和广大读者的批评指教。

赵振江
二〇一七年秋
于北京大学蓝旗营寓所

前　言

在塔吉克诗歌的百年历史中，一九一七年俄罗斯的十月革命以及一九二〇年在布哈拉汗国爆发的人民革命开启了一个新时代。塔吉克新时期诗歌的最初基础是革命和社会主义思想。

塔吉克语的新文学始于诗歌，萨德里丁·艾尼的诗作《自由之歌》（一九一八年）宣布了新时代诗歌的诞生，他是新时期塔吉克语文学的奠基人。一九一九年，这首诗发表在《革命的火焰》（塔文，布尔什维克党撒马尔罕地区委员会一九一九年至一九二一年主办）杂志上，成为塔吉克苏维埃新文学的肇始。萨德里丁·艾尼及其同伴的诗歌反映了社会主义革命的思想，并激励了苏维埃联盟东部的所有劳动人民和外国人民。

萨德里丁·艾尼的诗歌《革命》《革命就像太阳》《红色革命》，他的同伴阿合迈德·哈米德的《对布哈拉人民的呼吁》《希望的象征》以及阿布杜瓦希德·穆恩兹马的《多久？》等为布哈拉革命的胜利做出了贡献。

塔吉克苏维埃社会主义自治共和国成立后（一九二四年），各类期刊出版工作得以开始，塔吉克文学发生了重大变化。但与此同时，在政治和文化领域展开的意识形态斗争也愈演愈烈。萨德里丁·艾尼的第一部诗集《革命的火花》（一九二三年）代表着真正的大众诗歌的诞生。这一时期诗歌的主题主要是对革命和自由的向往、文化的大革命、科学知识和教育宣传、争取妇女的平等权利、呼吁阶级斗争、对神职人员和宗教迷信进行批评、废除旧的封建世界、建立社会主义制度和新的社会关系、自由劳动等。由于革命的现实本质，这一时期的诗歌充满了强烈的英雄主义情怀以及追求美好生活的浪漫主义情结。

一九二五年，阿布卡希姆·拉胡蒂来到塔吉克语文学，他一九二二年从伊朗移民到苏联，并在塔吉克斯坦找到了第二故乡。拉胡蒂以其高度的革命思想意识和对塔吉克语的精通掌握使塔吉克诗歌上升到了一个新的高度。他的诗歌《克里姆林宫》（一九二三年）和诗歌集《红色革命》（一九二五年）等极大地推动了人民的革命创造力和社会主义的人文变革，对当时的文学青年产生了巨大影响。

这一时期，新一代的诗人开始进入文学领域。帕伊拉乌·苏莱曼尼、穆哈马德江·拉希米、穆希丁·阿明佐达、苏哈伊利·贾哈利佐达等人致力于社会主义建设成就的宣传，揭露和批判封建关系在日常生活和人们思想中的存在，歌颂妇女的自由和平等，肯定对知识和文化的追求，与无知和落后做斗争。帕伊拉乌·苏莱曼尼的诗歌《开悟之花或东方妇女的解放》《给东方女性独立的荣光》《囚徒或反叛》等影响巨大。他是各国劳动人民国际团结的热情拥护者，因此与阿布卡希姆·拉胡蒂的国际主题（《五一节和国际革命战士援助组织》《印度斯坦》《致伊朗地震的受害者》等）诗歌一起得到了肯定。

革命后的第一个十年，塔吉克诗歌主要致力于对新内容、新思想的艺术追求，产生了一批塔吉克文学的代表人物。

在新的时代，生活的所有基础都发生了翻天覆地的变化，这给塔吉克诗歌留下了特殊的烙印，使塔吉克诗歌在三十年代经历了一个快速更新的时期。如果说在上一阶段，主要是经历了旧时代的知识分子们参与新诗的创作，那么这一时期，一批由苏维埃学校和共青团校培养出来的年轻诗人也加入了新诗歌创作的队伍。

这一时期的诗歌，从把握现实审美的角度出发，表现出两种不同的发展走向。一种是诗歌传统的延续——主要是一种浪漫的象征主义，例如阿布卡希姆·拉胡蒂的诗歌、帕伊拉乌·苏莱曼尼的《五月一日》《鼓手》等诗歌。另一种则是朝着人们生活的具体化方向发展，例如米尔萨伊德·米尔沙卡尔的《胜利的旗帜》、米尔佐·图尔逊佐达的《秋天和春天》等。阿布卡希姆·拉胡蒂的《巴库工人》《顿巴斯矿工》、帕伊拉乌·苏莱曼尼的《无产者》《瓦赫什斯特罗伊新闻》、阿布杜萨拉姆·德胡蒂的《三种观点》等诗歌赞美了劳动者的力量、集体劳动的乐趣、革命的坚强毅力和无产阶级的团结。

这一时期诗歌的另一个重要方面是出现了大量关于民族生活主题的创作，包括对封建历史的谴责、对妇女解放的争取、对巴斯马奇的斗争等。爱国主题是古典诗歌中最有力的人道主义，在这一时期则具有了新的历史内涵和社会内容。塔吉克所有诗人的作品都与苏联的爱国主义思想与人民友谊主题有机地融合在一起。这在阿布卡希姆·拉胡蒂、哈比布·尤苏菲、米尔佐·图尔逊佐达等人的诗歌中得到了充分而独特的表达。

一九四一年至一九四五年的伟大卫国战争期间，大量的塔吉克诗歌激发了前线战斗人员和后方战斗人员的投入，赞扬了各国人民的友谊和国际主义思想。萨德里丁·艾尼、阿布卡希姆·拉胡蒂、穆哈马德江·拉希米、阿布杜萨拉姆·德胡蒂、米尔佐·图尔逊佐达、米尔萨伊德·米尔沙卡尔、哈比布·尤苏菲、博基·拉希姆佐达、穆希丁·阿明佐达的爱国诗歌在战争年代发挥了重要作用。萨德里丁·艾尼的《复仇进行曲》[1] 广为流传，成为塔吉克人的诗歌标识。哈比布·尤苏菲参加了反法西斯主义的斗争并牺牲在前线，他的《不要怜悯》《祖国之爱》《复仇》《历史见证》、米尔佐·图尔逊佐达的《决不》、阿布卡希姆·拉胡蒂的《心爱的，时机已到……》《塔吉克人的儿子不惧怕任何人》《将人民的支持传达给前线》等诗歌是这一时期的代表作品。

战后，塔吉克诗歌发展迅猛，其主题日益广泛和多样化，更加贴近人们的生活，体现人们的思想和感情、喜悦和悲伤、行为和梦想。同时，诗歌开始更加积极地反映国际生活事件。在此期间，民间抒情诗歌占据了比较突出的位置，而与新闻宣传活动相关的诗歌创作也有所增加。米尔佐·图尔逊佐达的系列诗歌《印度民谣》和《我来自自由的东方》等为民间抒情诗歌的发展开创了新的阶段。阿布卡希姆·拉胡蒂的《和平与自由之歌》、米尔萨伊德·米尔沙卡尔的《诗与叙事诗》、博基·拉希姆佐达的《闪耀的库希斯坦》、阿布杜萨拉姆·德胡蒂的《精选作品》等都充满了人性化的情感和高尚的思想。有两个因素促成了这一时期诗歌的发展：一方面，老一代诗人的创作经验不断积累；另一方面，才华横溢的年轻人开始诗歌创作，其代表包括阿明江·舒库黑、加富尔·米尔佐、穆希丁·法尔哈特、法伊祖洛·安索里、古丽切合娜·苏莱曼尼、阿布杜加波尔·卡霍里等。

这一时期的诗歌和散文中，战争的主题占有很大的地位。苏联人民的历史性胜利成为灵感之源，塔吉克诗人创作了许多充满胜利喜悦的诗歌，表达了强烈的爱国主义和人民友谊的思想，如米尔佐·图尔逊佐达的《新

---

1 《复仇进行曲》：即前文提到的《自由之歌》，也译作《自由进行曲》。（译者注）

娘》《鹰》《和平与友爱的语言》、阿布卡希姆·拉胡蒂的《友谊与爱》、米尔萨伊德·米尔沙卡尔的《俄罗斯姑娘的礼物》《致我的莫斯科朋友》、博基·拉希姆佐达的《从英雄到英雄主义》。

战后时代开启了人类历史的新一页，世界上许多民族走上了社会主义道路，亚洲和非洲正在为争取自由和独立而奋斗。塔吉克诗人创作了大量的诗歌，献给各国人民争取民族独立、争取和平与民主的斗争。其中最有影响力的诗歌是阿布杜萨拉姆·德胡蒂的《致以菲尔多西名字命名的罪犯》、米尔萨伊德·米尔沙卡尔的《美国游客》《诗人的母亲》、博基·拉希姆佐达的《母亲之声》《致英雄之子》、舒拉里·加乌哈利佐达的《美元的奴隶》等。

在这一时期的塔吉克诗歌中，哲学反思的成分增加了，诗歌的内容变得更加重要，这类诗歌的主要目的是表达深远的思想和苏联人民的强大精神。

自二十世纪五十年代中期以来，塔吉克文学（包括诗歌）发生了重大变化，标志着一个新阶段的开始。大量塔吉克诗人优秀作品的特点体现为对现实的新态度，对当今时代最重要问题的清晰陈述，对诗歌说明性和描述性缺陷的克服以及对生活日益深入的艺术研究。诗歌的内容不断丰富，其风格和体裁形式更加多样化，诗歌文化不断发展。诗人对文学形象的主体——人的态度已经改变，诗歌与人民生活的联系日益牢固。时代精神、现实现象主要通过诗人个人经历和感受的棱镜反映出来。爱情、民间和哲学抒情诗之间有着密切的联系。民间和哲学抒情在诗歌中占据领先地位。当时时代的重大政治事件（越南战争，阿拉伯东部冲突，印度、巴基斯坦的事件等）越来越吸引诗人的注意力。

在这个阶段，塔吉克的年轻诗人专注于时代的悲剧现象，这种新趋势导致诗歌中的戏剧性的增加，爱国主义的感想，即祖国的概念已变得更加深入、具体。

爱情诗歌的内容得到了扩展，这在米尔佐·图尔逊佐达、博基·拉希姆佐达、米尔萨伊德·米尔沙卡尔、阿明江·舒库黑、加富尔·米尔佐等诗人的作品中可以清楚地看到。抒情诗的主题集中在事件的意义、人的价值和尊严等问题上。强烈的新闻宣传性与深刻的抒情性、公民权利和哲学性之间不可分割的相互渗透，让米尔佐·图尔逊佐达的作品与众不同，并使他跻身苏联有影响力的诗人之列。他为电影创作的抒情诗和歌曲《别失去朋友》《诗人》《高处的巢》《亲密的明星》《我的母亲》《与自己的对话》等将抒情的渗透力和哲学的思想深度有机地结合在一起。米尔佐·图尔逊佐达的许多诗歌代表了个人与爱情、政治和哲学诗歌的融合，具有明显的格言格调。

此外，米尔萨伊德·米尔沙卡尔的诗歌《在路上》《摇篮的声音》《新诗》等也证明了对生活、爱、祖国和人的关系的诗意感的加深。这系列诗歌数量虽然很少，但每首都包含了重要的诗意概括。

随着六十到七十年代文学的到来，一批年轻的诗人穆明·卡诺阿特、乌巴伊德·拉贾布、库特比·克罗姆、马斯坦·舍拉里、厄伊布·萨法尔佐达、洛伊克·舍拉里、博佐尔·索比尔、哈比布洛·法伊祖洛、古利纳扎尔·科里迪、古丽鲁赫索尔·萨菲等涌现出来，新鲜的力量加入了诗歌，将创新的探索精神和青春的能量融入其中。穆明·卡诺阿特、洛伊克·舍拉里、库特比·克罗姆、博佐尔·索比尔的作品以诗性思维的特殊性、景象描写的活力、对生活的想象力、情感感知的敏锐性以及对现代思想和情感的渗透而著称。

古代艺术传统与新的社会审美经验的有机融合，决定了上个世纪七十至八十年代塔吉克诗歌发展的独特性。尽管现代审美观与先前的观念有很大不同，但这仍然是艺术传统更新的结果，并吸收了过去文学的伟大成就。苏联时期的塔吉克诗歌并没有以现代的艺术创作打破连续性。在八十年代，对现代现实的抒情和哲学理解之路的探索，与塔吉克人遥远的和近代的历史密不可分，并在诗歌中具有特别明显的特征。正是在这个方向，当时的年轻一代诗人开始了文学之旅，其杰出代表是穆明·卡诺阿特、库特比·克罗姆、洛伊克·舍拉里、厄伊布·萨法尔佐达、博佐尔·索比尔、古利纳扎尔·科里迪、古丽鲁赫索尔·萨菲、拉赫迈特·纳孜利、卡莫里·纳斯鲁罗等。一批诗人创作了许多关于塔吉克和波斯文学经典人物的诗歌，例如穆明·卡诺阿特的《阿维森纳的摇篮》，鲁拜·洛伊克·舍拉里的《海亚姆的酒杯》、诗集《基于〈王书〉》等。另外还有一些诗人以塔吉克斯坦的文化和现代科学的著名人物为对象进行了诗歌创作。其中洛伊克·舍拉里的诗作涉及萨德里丁·艾尼、波波江·加富罗夫、米尔佐·图尔逊佐达，博佐尔·索比尔则以阿赫马迪·东尼什、萨德里丁·艾尼、米尔佐·图尔逊佐达、萨蒂玛·乌鲁格佐达、拉克希姆·洪什玛等为对象展开了诗歌创作。

那一代诗人的创造力不仅与波斯－塔吉克经典代表的哲学抒情诗具有一定的连续性，而且在深度上还与歌德、海涅、惠特曼以及诸如爱德华达斯·梅热拉伊蒂斯、拉苏尔·加姆扎托夫、尤斯蒂纳斯·马尔钦克韦丘斯、叶夫根尼·叶夫图申科、凯辛·库里耶夫、奥尔扎斯·苏莱曼诺夫等杰出的同时代人的诗歌息息相关。

在八十年代，诗歌的主题领域比以往任何时候都多。那时，对战争与和平的主题有了新的艺术和哲学理解，这在苏联文学中已经成为传统。在苏联所有加盟共和国文学中，一个引人注目的现象是穆明·卡诺阿特系列诗歌的出现，如《斯大林格勒之声》（一九七五年）、《塔吉克斯坦是我的名字》（一九七四年）、《父亲》（一九七七年）、《伊斯玛塔之星》（一九九〇年）等。塔吉克诗人以全新的方式展现了塔吉克人民的所有英勇和悲惨时刻，显示了过去五十年的历史道路，包括革命时期、内战时期、大建设、第二次世界大战等。

在这一时期的诗歌中，特别是在民间抒情诗中，以塔吉克斯坦家乡颂歌为主题占据了一个特殊的位置，对塔吉克人历史上最重要的阶段进行了艺术展示。这些诗人大多是二十世纪六十到七十年代进入文学界的。继穆明·卡诺阿特之后，加富尔·米尔佐和阿明江·舒库黑更新了抒情诗的意象和语言体系，从而扩大了整个诗歌的主题圈。一些诗人的作品歌颂现代塔吉克斯坦的自然美，如萨法尔穆哈马德·阿尤布的《小麦之花》《闪电分支》、穆罕默德·厄伊布的《鹳》和《郁金香的眼睛》。还有一些诗人对苏维埃社会和人类生活中发生的复杂和矛盾现象进行了哲学反思，如马斯坦·舍拉里的《信仰》《费尔多西的自白》、哈克纳扎尔·厄伊布的《太阳的眼泪》等。

总结对二十世纪八十年代塔吉克诗歌的思考，可以说，在这一时期，永恒的人类问题的内容——和平、自由、人民的友谊得到了扩展和丰富，另一方面，其范畴及表达比以前更加广泛和强大。公民的意识开始出现，诗人呼吁民族觉醒，崇尚民族的历史和文化价值观念，主要是母语，以表达民族自我意识。

塔吉克斯坦共和国国家独立时期（一九九一年至今）的文学与时俱进，反映了国家发生的各类事件，表达了人民的思想和愿望。由于九十年代的内战，人们之间开始出现不信任、误解甚至敌对情绪，这需要共和国的精神力量，主要是文学人物进行积极干预。因此，在塔吉克作家的作品中，不论其体裁和形式如何，旨在和解冲突各方的民族思想都占据了中心位置。

自然地，人们生活中发生的事件在文学中的反映速度更快，尤其是体现在小型文学中，因此，诗歌始终是先锋。在赞扬国家独立的同时，与内战的悲惨事件相关的九十年代诗歌也表达了悲伤和痛苦。在各类诗歌中，伴随着人民对和谐与和平的呼吁，自相残杀的对抗过程中发生的一切都给人以真诚的遗憾和情感上的痛苦。洛伊克·舍拉里收录在他的作品集《没有痛苦的哭泣》（一九九七年）中的几乎所有诗歌都带有相似的主题旋律。

相同的情绪是那些年中几乎所有塔吉克诗人的共同内容。而在一九九七年六月二十七日，冲突双方签署了关于民族和解的协定后，民族团结的主题就成为文学的中心主题。

在签署《和平协定》和宣布民族团结的鼓舞下，塔吉克诗人开始着手于这些主题的艺术发展。维护和平，加强民族团结，关注难民和被迫的移民返回家园，恢复内战破坏的环境，和平建设新的独立的塔吉克斯坦——所有这些已经成为中心主题，包括当代塔吉克诗歌。

在近几年的诗歌中，悲伤和痛苦的音调被喜悦和自豪的旋律所取代，这代表着国家建设的成就。在九十年代诗歌中的悲观主义和沮丧感现在已经变得乐观，并且对更美好的未来有着坚定的信念。民间抒情诗歌的主题主要是独立、国旗、国徽、军队、民族团结、建设创造等。大量的诗歌表现出支持和澄清国家元首的创新举措、展示大型通信和能源设施的建设、对历史和精神人物形象以及杰出的文化人物的艺术再现等。在这一过程中，最活跃的有诗人穆罕默德·厄伊布、萨法尔穆哈马德·阿尤布、卡莫里·纳斯鲁罗、法尔佐娜·祖尔菲娅、达夫拉特·萨法尔、古利纳扎尔·科里迪、鲁斯塔姆·瓦霍布佐达、奥扎尔·萨利姆、朱马·科夫瓦特、阿托·米尔霍加、米尔佐·法伊扎里、拉赫迈特·纳孜利以及其他许多诗人。

塔吉克斯坦国家独立以后，恢复了包括诗歌在内的儿童文学的发展。儿童诗人如阿里·波波江、朱拉·霍希米、尤素福江·阿赫马德佐达、拉托法蒂·肯加耶娃、阿布杜萨托尔·拉赫蒙、玛赫布巴·聂马特佐达等的诗歌、谜语创作都找到了以友谊与伙伴关系、和平与谅解、支持与相互理解以及爱国主义为主题的艺术形象。

这本诗歌选集包括了塔吉克斯坦一些最杰出诗人的代表作品。这些作品反映了塔吉克诗歌在过去一百年中发展的思想、主题、艺术和美学特征。我们希望这本诗歌选集能使中国读者了解塔吉克诗歌艺术的探索和发现，为推动伟大的中国人民与塔吉克人民之间悠久的历史文化联系做出微薄的贡献。

塔吉克斯坦作家协会主席：尼佐姆·卡希姆

萨德里丁·艾尼
（一八七八年至一九五四年）

　　萨德里丁·艾尼出生于布哈拉汗国厄吉都旺尼地区索克塔热村。他是布哈拉汗国伊斯兰学校启蒙运动的学生和老师之一，后接受社会主义革命思想，为苏维埃塔吉克斯坦和乌兹别克斯坦人民的教育做出了巨大贡献。他第一个整理编写了塔吉克语、乌兹别克语故事小说，对塔吉克人和乌兹别克人的历史和文学进行了广泛的研究。

　　萨德里丁·艾尼是塔吉克斯坦科学院第一任院长，苏联国家奖获得者（一九五〇年），塔吉克斯坦民族英雄（二〇〇〇年）。

自由之歌

——自由进行曲

经历了苦难的人们啊，战俘们啊，
我们自由的时刻到来了！
欢呼起来，贫苦的人们啊，
在世界欢悦的黎明里呼吸！

曾几何时我们痛苦忧愁，
在此之后我们应该欢乐！
苦难太多，压迫太多，公平啊，
你将是世界的主人！

复仇，复仇，朋友们啊，
受害者啊，怜悯者啊，
在此之后世界的主人将是
团结起来的奴隶和贫苦大众！

我们的血无谓流淌，每一天，
因为三两个小丑的企图，
为了真诚友好者的内心愿望
摒弃这些小丑的灵魂！

不要在世界上留下暴戾的名字，
以及痛苦、压迫、不睦，
让所有人品尝欢愉的蜂蜜
团结起来的奴隶和贫苦大众！

复仇，复仇，朋友们啊，
受害者啊，怜悯者啊，
在此之后世界的主人将是
团结起来的奴隶和贫苦大众！

每一个心满意足的欺骗压榨者
多少年来一直贪婪享乐，
在压迫不公的黑暗之夜
每一个受苦受难者都曾忍辱负重。

最终正义的太阳
照耀在穷苦人民的头顶，
世界上没有了压迫和黑暗，
专制在我们的世界消失。

复仇，复仇，朋友们啊，
受害者啊，怜悯者啊，
在此之后世界的主人将是
团结起来的奴隶和贫苦大众！

赞歌（节选）

没有房屋没有定所没有长袍也没有缠头巾，
没有果干美酒没有音乐情人也没有关心的人。

那么在大众的面前我如何赢得尊重？
那顽皮折磨人心的姑娘如何成为我的恋人？

即使我有机会拥有房屋，
但是没有快乐，那房屋又有何用？

即使所有的快乐我都已得到，
但是那刁蛮的心上人仍然矜持不愿来到我面前。

即使她没有了矜持与傲慢，轻挪脚步
来到我的房前，其他人却说："别进去！"

即使她没有听从其他人的劝告，
不顾其他人的阻拦来到学校[1]门前。

那些旁观者一直在贬损，起哄说：
"这个小情人她要去哪儿呀？"

总之，她来了，进入了房屋，
我突然之间不知所措。

1　学校：指寄宿的宗教学校。

我失去了理智思想与平静，
既无力看清她的脸也不知她说了什么。

那迷人的眼眸中充满妩媚的风情，
瞬间令我的宗教信仰和心智塌陷。

我丢弃了所有自己曾经的所学，
在这时代导师的服务中，毫无保留……

在这世上所有的争论都会产生影响，
你的到来让所有的困难迎刃而解！

春天的黎明

春天的黎明之际
欢快而愉悦的时刻。

你看那青青草地，
你看那四处盛开的郁金香，

流淌的河水奔向四方，
水渠两边绿草茵茵，

新嫩的花草散发出气息，
晨风带来阵阵清香，

花儿绽开笑颜葡萄藤叶招展，
绿意盎然的土地含笑欢悦，

苍柏复苏，花儿绽放，
唯有水仙花还在沉睡，

因为这懒惰与无知，
视而不见使它名声在外。

蜜蜂从各处采蜜，
蜜汁来自散发清香的鲜花，

鸟雀儿四处觅食，
把食儿从旷野带回家中，

无论是蜉蚁还是虫蛇，
都在认真忙碌，专注自己的工作。

应该羞愧，那些此时此刻
无所事事在角落贪睡的人，

世界在不停地发展，
他却不努力工作！

清　晨

清晨，夜莺在歌唱，
花儿愉悦盛开花苞绽放。

你们，是学校花园里的夜莺啊，
不应该在每天清晨贪睡。

你们也应该歌唱，
在知识的花园里盛开。

花园般的校园的清晨，
像花园般令人舒畅。

为什么不从这花园里采摘花朵？
为什么蹲坐在角落里无所事事？

来吧，朋友们啊，读书吧，
别让自己百无聊赖一无所知。

人生在世游手好闲，
一生只能被世人瞧不起！

学　校

学校是上天恩赐的餐布，
学校是知识宝石的矿藏。

没有灵魂的身体毫无价值，
人是身体，学校是灵魂。

从学校回来心情舒畅，
那是对学校发自内心的喜爱。

不去上学的人没有生活，
学校是水，学校是馕，

学校是努力，学校是馈赠，
学校是印记，学校是荣耀。

在看得见的眼眸里知识是光，
在知识的体系里学校是灵魂。

对灵魂的鱼儿来说知识就是水，
学校就是喂养知识之鸟的食粮！

阿布卡希姆·拉胡蒂 [1]
（一八八七年至一九五七年）

　　阿布卡希姆·拉胡蒂出生于伊朗克尔曼沙赫市。他是当时诗人的领袖，也是反对压迫的斗士。一九二二年，由于爱国运动失败，他移居苏联，然后来到杜尚别，为新成立的塔吉克斯坦共和国文化的发展做出了重要贡献。拉胡蒂著有诗歌、传记与歌剧剧作并翻译了大量世界文学作品。他于一九五七年三月十六日在莫斯科去世。

1　阿布卡希姆·拉胡蒂：在《伊朗诗选》中译作阿布·高塞姆·拉胡蒂。

哎，狩猎者！

哎，狩猎者，怜悯我吧，不要折磨我的残躯，
拔掉我的羽毛与翅膀，但是不要烧掉我的窝巢。

用绳子捆住我的脖子用锁链绑住我的双脚，
拜托，请允许我，张开嘴。

花枝的刺儿刺破了我的双脚，
血流出来，在旷野处处能看到我的印迹。

在这笼中的一角，远离花园我死于饥渴，
传递讯息吧，风啊，把我的惨境告诉我的园丁。

孤单让我的心流血，没有一个可以倾诉者，
为真诚友好的人写下我的故事。

可怜的我那天确定了自己的死期，
才发现，牧羊人与狼重新缔结了友谊。

像拉胡蒂一样，从灵魂深处永远感激他，
当他和我一起让我冷漠的情人心生友善。

与夜莺和飞蛾在一起

昨晚我坐着与夜莺和飞蛾在一起，
一起谈论那心上人的寡情薄意。

我在哭泣，夜莺哀鸣，飞蛾扑火，
旁人看到的是我们三个疯子在一起。

用忠诚和灼热情感对待自己的心上人，
我、飞蛾和夜莺一起成为童话故事。

我的心任性地为之倾倒，不要惊扰它，
除了对你的思念我不愿与任何人共处一室。

害怕我迷失于外人，不要误解我，
如果你看到我与陌生的姑娘在一起。

因为我要倾吐内心对你全部的爱，
你觉得如何，如果我和你自由地在一起？

我对你的爱是忠诚的，如果不信，来考验我，
看一看，我能否为你献出灵魂与头颅，在一起。

是春天了，我希望，在花园里
我与心上人、酒和酒杯在一起。

把我所有的秘密告诉心上人，拉胡蒂，
我再也不想与这疯狂的心在一起。

不需要束缚

需要开始新的生活，不需要束缚，
如果束缚必须存在，那就不需要生活。

如果生活的重担压垮了你，不要担心，
成为男子汉，疲惫的心啊，不需要羞耻。

如果头顶上连绵的雨水宛如责难，
对天空说：走开，不需要这雨水！

如果让你屈身低头去亲吻别人的脚，
可以献出生命，但不需要这样的耻辱。

生活就是人的自由与他的独立，
努力追寻自由，不需要被束缚！

墓志铭

即使火焚烧了我羸弱的身体，
真情如花成为我留给世界的印记。

时代会陈旧但是不会沉默
那些烈焰，从我口中迸射而出。

贫苦大众的斗争史，读一下吧，
如果你想了解我的故事。

母亲用她的乳汁喂养了我，
我的馕是母亲穷苦的手给予。

在战斗的前线我的生命已逝去，
我的时代是兵器、火与血的时代。

我从重重苦难之中解脱是因为
战友们为我的生命许下了誓言。

坟墓对我有何必要，就这样留着吧
工农们纯净的心灵才是我的归宿。

我燃烧至尽，但毫无抱怨，
对我忠诚的考验已经足够。

没有良知者，别以为我已死去，我活着
我的讯息只留给那些热爱我的诗词之人。

帕伊拉乌·苏莱曼尼

（一八九九年至一九三三年）

　　帕伊拉乌·苏莱曼尼出生于布哈拉城的一个商人家庭。他曾就读于旧式学校、马尔夫伊斯兰波斯语学校和科贡俄语学院。在一九二一至一九二二年，他担任了布哈拉人民苏维埃共和国驻阿富汗大使馆的第二秘书。此后，他继续从事创作。从一九三〇年起，他一直是塔吉克斯坦国家出版社的编辑和翻译。

　　帕伊拉乌·苏莱曼尼一九三三年六月九日因病去世。

给东方女性独立的荣光

你身陷于重负要到何时？
你遭受无知耻辱要到何时？
你承受了多少劳作与艰辛？
你要远离压迫丑陋与羞辱！

这单纯的羞耻窘迫是徒然的，
从黑暗的幕罩后快走出来！

你还要被禁欲者谢赫和年轻人[1]残害多久？
仍然做富贾权贵们的奴隶？
你还要忍受多少愤怒、压迫与苦难？
将一生徒然地置于这面纱的重负之下？

面纱对你纯洁的身体有什么必要？
黑暗的幕罩不是光明的帘幕！

你像太阳隐藏于这云后太久，
一切都已苏醒你却还在沉睡，
你是世界人民的骄傲和荣誉，
没有你时代怎么会进步？

没有你病人怎么能康复？
没有你快乐怎么能取代烦恼？

1　谢赫：穆斯林对伊斯兰教内有名望的长者、教师、学者或有地位者的尊称；
年轻人：这里所用的是阿拉伯词语，指年轻的信教男子。

就像所有的人类，你也有权利，
为什么你无助无权也无地位？
努力吧，学习科学和人生的智慧！
你就像是希望之苗结出的果实。

精力充沛的勇士，富有同情心的教育家，
科学的姐妹智慧的母亲！

貌似知识分子，售卖着欲望，
有着撒旦般的谎言与欺骗，
毫无信仰，只为活着而奔命！
除了压迫你，他们什么都不做！

除了卑鄙堕落他们别无所求，
除了游荡放纵他们别无所愿。

像东西一样被买卖还要多久？
为何穿戴这令人羞耻而懦弱的幕罩？
多少年遭受凌辱却保持沉默，
为何从来不争取自己的自由解放？

让自己起来远离无知的沉睡，
用勇敢的手掌攥紧你华丽的裙角！

塔吉克斯坦的春天与牧笛声

辽阔的旷野、美丽的园林和怡人的空气，
农田、森林、牧场、远山和郁金香地；
泉水四处奔淌潺潺流水飞溅，
高亢动听的歌笛声从各处传来……

初春的云朵洒落一滴滴雨露，
新绿的树木就像害羞的新娘，
树冠色彩各异宛如雨伞，
撑在头顶一列一列向各处延伸……

牧羊小伙坐着，吹奏起笛子，
在柳树下，在清澈的水渠旁，
几只小绵羊在他周围自在觅食，
他的笛声哪，从心扉中流出。

有知识与生活经验的师傅，
或者说，自然是春天的丝绸织就，
细致地编织成松软厚实的地毯，
铺开吧，为了让心上人把脚放在上面……

给好友的信

你令人欢欣的来信仿佛春天的气息，
我疲惫羸弱的身体重新焕发了生机。

我小心翼翼地打开亲吻它阅读它，
如饥似渴无数次从头读到尾。

我对你说，你是基督，那不可能，
从生到死的远路只能有一次。

我对你说，你是医生，医生也会无助，
的确，当他们尽力救治每个病人之时。

你精神高尚，但精神没有这样高尚，
你是月光，但月亮没有这般模样。

你是尊贵者比尊贵更高，
你是荣誉者比荣誉所获更多。

你是我们的灵魂，但我说得仍然不够，
为了你的到来我们甘愿献出灵魂。

我不会说，你是美人，美人不守忠诚，
我不会说你是魂魄，我不与魂魄为友。

我感到高兴，你值得拥有你的美誉，
有生之年恪守承诺始终为你所有。

你写着，眼睛里充满了痛苦，
你羸弱的身体承受着那痛苦。

那双眼狡诈的人盯着你，
他们邪恶的双眼将你锁定。

上天，让那些邪恶的嫉妒消失吧，
如果它们再次投往你的方向，朋友……

笔

笔是我的故事之师，
笔是我的翻译高手。

我对笔说出我的心里话，
笔是我灵魂的栖息地。

只要世界还在，我就会活下去，
笔是我永恒的生命。

虽然我在生活中沉默，但是
笔是传递我之表达的信使。

这是死亡般的沉默，
不仅是我的笔，而且是我的灵魂！

对敌人说，嘿，放弃吧：
我的笔是匕首和刀锋！

我也是红色旗帜的跟随者，
我的笔证明着这个时代！

弦上的旋律

又传来弦上的旋律，
多么美妙啊，心上人的声音传来。

那指间的风情，来自这旋律
我衰弱的身体顿时精神百倍。

你美妙的音乐
让急躁的心甘愿等待。

难怪你的细发已飘在风中，
只因春天的气息已经到来。

不要解开编起的发辫，
留下它，那发辫也会有用。

心上人的睫毛和我心灵的伤痛
两者不约而同地到来。

我已无法再饮一杯——
令人沉醉的心上人已经到来。

好消息，草原上忠贞的猎物啊，
我的心上人正为打猎而来，

帕伊拉乌的双眸等待着你
眼泪不由得滴落……

博基·拉希姆佐达
（一九一〇年至一九八〇年）

　　博基·拉希姆佐达出生于嘎尔姆地区索尔博厄村。他毕业于撒马尔罕师范学院和杜尚别教育学院，从事过数年教师工作，从一九四八年起，他一直是塔吉克斯坦作家协会的顾问。

　　博基·拉希姆佐达于一九六七年获得鲁达基国家文学奖，一九七四年获得塔吉克斯坦人民诗人称号。

我的共和国

向你敞开我的心扉，
你在我心目中如此重要。
融入我的身体与灵魂，
我为你写下一首新诗。

　　以良知为心，我的共和国，
　　与荣耀为友，我的共和国。

你的土地上高山环绕，
泽拉夫尚平原无边无际，
河流白浪翻滚奔腾起伏，
你光荣的人民喜悦无比。

　　以良知为心，我的共和国，
　　与荣耀为友，我的共和国。

太阳从世界的屋脊升起，
努列克湖与星月辉映，
在兄弟朋友的帮助下
你的面貌日新月异。

　　以良知为心，我的共和国，
　　与荣耀为友，我的共和国。

胡占德的地毯远近闻名，
丰富的水果甜如蜜糖，

令人神往的瓦赫什河声名远扬，
让你在朋友面前骄傲无比。

以良知为心，我的共和国，
与荣耀为友，我的共和国。

伟大的人民

像自有源头的瓦赫什河我也满怀信心地开始，
令人民倍感骄傲的号角再次响起，
我用诗歌来记录每一点辛勤的汗滴，
是的，用诗歌之线来串起珍珠宝石，
　　献给你们，我伟大的人民，
　　你脚下的土地就像良药治愈我的眼睛……

你对待每一株幼苗就像是培养孩子，
为使它们免遭灾难，你从不曾休憩，
你自己承受着繁重的担子，
为了头颅高昂，你无数次把头低，
　　因此，我尊重你，伟大的人民，
　　你脚下的土地就像良药治愈我的眼睛。

春天我看到你满面尘土，
辛勤地劳作弯下了身躯，
汗水从你一根根的头发上滴落，
胜利的光芒绽放就像你脸上的光彩。
　　我满怀希望地说，伟大的人民，
　　你脚下的土地就像良药治愈我的眼睛……

实现愿望的日子这首诗将是礼物，
遗憾的是，我已没有比这更好的器物，
接受它吧，伟大的人民，
就像一片绿叶我把它送给你。
　　你就是我我就是你，别的无需再说，
　　你脚下的土地就像良药治愈我的眼睛！

美丽之所，杜尚别

非凡而美丽的城市，杜尚别，
在我眼里，你与世界辉映，杜尚别。
在你爱的怀抱中我茁壮生长，
就像心儿在我胸膛，杜尚别。

连绵群山将你环绕，
它们勇士般将你护卫。
为了使你生机盎然兴旺繁荣，
不断从你的心中让清泉涌出。

非凡而美丽的城市，杜尚别，
在我眼里，你与世界辉映，杜尚别。

我舒适地坐在你的身旁，
在"罗哈特"茶馆休闲享受，
从你可爱心上人色彩斑斓的脸上，
有时我摘下玫瑰，有时采摘郁金香。

非凡而美丽的城市，杜尚别，
在我眼里，你与世界辉映，杜尚别。

清晨，一轮明媚的太阳
从世界屋脊上升起。
就像在新娘美丽的头上一样，
将珠宝抛撒在你的头上。

非凡而美丽的城市，杜尚别，

在我眼里，你与世界辉映，杜尚别。

夜晚你的天空如洗，

一轮圆月像金黄的馕饼高悬。

博基的抒情诗来自心底：

你的昼夜都如此明澈，独一无二。

非凡而美丽的城市，杜尚别，

在我眼里，你与世界辉映，杜尚别。

做个幸福的人

塔吉克姑娘，你让我坠入爱河，
你的热情是我生活中的太阳。

你的容貌与举止相互映衬，更显美丽，
令我像河渠的水波一样无法平静。

你美貌与劳作的结合里有着生活的真谛，
带来富足，美丽的姑娘啊，为我的祖国……

你美丽的脸庞让每一页诗行都滴落着汗水，
仿佛毫不留情地要令我奉献出一切。

从我的诗歌里人们了解到你的进步，
是的，亲爱的，是你让我在世界上扬名。

你的双手灵巧地展示着你劳作的技艺，
这技艺指引我也沿着劳作之路前行。

我们高耸的山峰不应该低头，
因此你令我保持荣誉与庄严……

幸好，博基和你一辈子幸福地在一起，
生命说，心爱的姑娘，让我做个幸福的人！

微笑一下

我总是坚持对你的承诺,微笑一下,
我总是坚持一诺千金,微笑一下。

诗人的心有着敏感的跳动,你知道吗,
如果你希望,我不会让它静默,微笑一下。

有时候就像一滴露水一样能够融入嫩芽,
有时候却不能融入世界,亲爱的,微笑一下。

我希望,你更好地了解我内心的感觉,
拿着吧,我把它送给你,微笑一下。

为了保护那微笑我将敌人阻挡在外,
时代给予我这样的力量,微笑一下。

为了你的微笑我将天空重新装扮,
我把月亮放在你的脚下,微笑一下。

希望你的嘴角一辈子带着微笑,
让烦恼的生活远离我,微笑一下。

爱情与智慧融会在一起,嫉妒将被抛弃,
在这条路上博基负有盛名,微笑一下!

阿布杜萨拉姆·德胡蒂

（一九一一年至一九六二年）

阿布杜萨拉姆·德胡蒂出生于撒马尔罕的博格马伊东村，是著名诗人、作家、剧作家、语言学家和文学评论家，以编写词典和教科书而闻名。

德胡蒂一九三〇年中学毕业后，参加大学预科一年，此后分别在《撒马尔罕真理》杂志，塔吉克斯坦国家出版社撒马尔罕分社，《社会主义文学》月刊，塔吉克斯坦作家协会，《红色东方》杂志，苏联科学院塔吉克斯坦分院历史学院、语言和文学学院，《塔吉克斯坦》月刊，鲁达基语言文学学院等单位工作。

德胡蒂从一九三四年开始成为塔吉克斯坦作家协会成员，并且先后荣获两枚劳动红旗勋章和两枚荣誉勋章。一九六二年一月三十一日，他死于一场意外。

是否会让我快乐？

为你烦恼要到何时，朋友啊，你是否会让我快乐？
是否会让我的脸上露出一丝希望的微笑？

与你在一起很难，与你分离更难，
你是否会用温柔与慷慨化解这两种艰难？

我已因与那双唇分离的痛苦而变得麻木，
你是否会让问候的言语多一点甜蜜？

我的心迷失在对你麝香般头发气息的思念中，
微风吹过是否散乱了你的秀发？

祝贺你有了新的情人新的娇羞新的骄傲，
但是你偶尔是否会想起旧日的情人？

你自己说过，如果想要在一起，请耐心等待，
我再也无法等下去，你是否会实现自己的承诺？

德胡蒂因你而成为这城市里的一名异客，
你是否会在你的宅落款留我两天？

春　天

太阳笑着洒下阳光，
云彩仿佛生气地逃走了。

原野上冰雪融化，
薄雾从地面上升起。

柔和的风儿吹过，
幼苗献上热烈的亲吻。

宜人的春风轻拂，
唤醒沉睡的土地。

你看那园林和田野，
他们的生活焕然一新：

一切安静的，都开始苏醒，
一切沉默的，都开始喧闹。

所有人都在田野上劳作，
所有的地方都已是炊烟袅袅！

紫罗兰

在草地和三叶草的中间，在水渠的旁边，
为了迎接春天长出了紫罗兰。

它是紫色的，叶儿纯净，茎儿嫩柔，
就像害羞的人儿低着头。

来吧，去看看，摘一些，
闻闻它的香味，欣赏它令人欢悦的颜色！

知识园中的夜莺啊

知识园中的夜莺啊，
喜悦的旋律多么快乐！
读书的时节又来到了，
祝贺你们新学期快乐！

各地的学校都敞开了大门，
就像母亲对自己的孩子，
为了让你们心情愉悦
像灵魂和身体相连在一起。

老师父亲般的眼神
总是在你们的路上守护，
让你们结出教育的果实，
他就像一棵果实累累的大树。

努力吧，在世界上
像太阳一样，
在世代繁衍的人类头上
洒下知识和智慧的光明！

知识抱负和勤奋之门
为你们一点点敞开！
用你们的才华去展现知识
让它在祖国的土地上更加繁盛！

我们读书

我们做朋友吧,

  你好,书籍!

你的每一卷都是我们的领路者。

在世界上任何知识与技能,

都已被你囊括其中。

我们日夜都在读你,

因此了解到各种知识和技能。

在此之后,你像真正的朋友,

从不会与我们分离!

米尔佐·图尔逊佐达

（一九一一年至一九七七年）

米尔佐·图尔逊佐达出生于吉萨尔谷地卡罗托厄村。他在孤儿院长大，先后毕业于杜尚别师范学院和塔什干师范大学。

他曾是一名记者，担任过胡占德音乐喜剧剧院文学部门的负责人、塔吉克斯坦作家协会的负责人和文化部门的负责人，从一九四六年起到去世，一直担任塔吉克斯坦作家协会主席。

他是苏联国家奖获得者（一九四八年），塔吉克斯坦科学院终身院士（一九五一年），列宁奖获得者（一九六〇年），塔吉克斯坦人民诗人（一九六一年），鲁达基国家文学奖获得者（一九六三年），社会主义劳动模范奖获得者，贾瓦哈拉尔·尼赫鲁国际奖获得者（一九六七年），塔吉克斯坦民族英雄（二〇〇一年）。

永远的幸福

有什么烦恼，我有着比花圃更好的祖国，
有着以强大决心不断赢取胜利的英雄人民。

幸福之鸟从我的上空飞过，
我有着欢快的绿色大地、丰沛的水源。

在祖国的怀抱里日新月异地成长与发展，
世界知道，我有着没有压迫与剥削的祖国。

这首内心喜悦的歌没有结尾，
关于自由的祖国我有着无数的故事。

塔吉克的土地上鲜花盛开，塔吉克的花园里鲜花盛开，
我的内心喜悦，塔吉克的春天带给我蓬勃朝气。

滴水汇流成河

我想要一个安静的地方，却找不到，
我想要一个人写下诗行，却无可能。

孤独使我的心悲伤难过，
每一段诗行都变得苍白。

仿佛望着内心向往的公园，
公园安静如同大地。

时而，我去闻一闻花香，
去寻找所有的美丽。

时而我侧身躺在草地上，
时而我以双手枕于脑后，

时而我歌唱，时而我呼唤，
时而我与山中河流相互应和，

时而我俯身在书本之上，
时而我自问自答：

在那里生活，你应当欢愉充实，
让生活紧紧地与你拥抱。

在那里生活，你应当内心愉悦
让自己声音美妙面孔美丽。

在那里生活，你应当心有向往，
让自己谈说洪亮有力。

在那里生活，你应当与友常聚，
一起相守彼此的承诺。

在那里生活，你应当心怀深情
不断地践行决心与坚韧，

在那里你是每个人内心的向往，
就像纯洁的歌曲沁人心脾。

你变成奔腾水流中的一滴，
依稀可见之行星中的一颗。

滴水汇流成河，
这一片片土地组成了世界。

祖　国

春天来了，我的生命又过去了一年，
生活中的一切从眼前慢慢地消逝。
就像骨肉相连我与祖国总在一起，
虽然我大半的美好生命都在旅途中度过。

祖国，无论到哪里我都沉醉于你的气息，
我从海洋的那边听到了你的声音。
虽然我身处在暴风雨与浪尖，
但是我的耳边依然传来你河流的声音。

当我踏上归途来到你的土地，
我完全迷恋上了你的模样。
坐在你的土地上，飞翔在你的上空，
我栖身于你的问候声，栖身于你的曲乐。

虽然我多次远离朋友与祖国，
虽然在朋友之间我以旅行闻名，
但是在任何地方，在世界的每个角落，
我总是心系祖国，总是与祖国同欢乐。

我的母亲

我是你留下的婴儿，母亲，记不起你的面孔，
记不起你的身体、你的眼睛、你的眉。
我逐巷逐户地询问每一个人，
因为直到今天，母亲，我都记不起你居于何处。

我去寻找，在村里年迈的妇女们之间，
我来到你的墓碑前与你说话，
我去寻找，聆听每一根枝条轻轻地摇动，
与原野上的草木植被相遇。

溪流对我说，她曾喝过我的甘泉，
大山对我说，她曾行走于我的怀抱，
棉苞对我说，她曾穿过我做的衣料，
保姆对我说，她曾为我挤过牛奶。

山泉对我说，她曾头顶壶罐来过我的面前，
荆刺对我说，她的脚曾经被我刺伤，
闪电对我说，她的眼眸曾经对我惧怕躲避，
云彩对我说，她的哭泣与我如同一家。

即使蜜糖在嘴里她也感觉比毒药还苦，
因为所有教法、教派于她都是严苛的主儿。
总之你可怜的母亲十足地
是世上一个不安而弱小的女人。

另外一个女人，在村里活了一百多岁，

你的母亲，她说，在嘴角有一颗黑痣，
圆脸、卷发，身材纤细苗条，
人家问她什么，她总是沉默无言……

母亲，我总是在寻找你的记忆，
我的心为你的爱悲伤如墓地，
我为了心上人与祖国努力地工作，
要让我的诗成为你的墓头碑铭。

母亲，对你的怀念令我热爱乡村，
热爱银色的河流与蔚蓝的天际，
热爱学校屋顶上飘扬的红色旗帜，
以及热情好客独一无二的村里人。

我诵读诗歌，诗中传来母亲的声音，
我谈论乡村，脑海里浮现母亲的身影，
如果某天我与一位苍老的妇人偶遇，
我要对她说，在有生之年，做我的母亲吧！

别失去朋友

尽你所能，不要失去朋友，
不要失去你的真挚好友。

在世界上没有朋友寸步难行，
不要失去这战胜困难的依靠。

朋友，学会分辨你的朋友，
不要失去灵魂相通的朋友。

启迪我们的源泉只有人民，
不要失去这世上伟大的人民。

绚丽的鲜花装扮着花园，
不要失去像鲜花般微笑的朋友。

朋友到来，应该热情张开双臂，
不要失去塔吉克人的优良传统。

世界人民已经成为我们的朋友，
不要失去与世界人民的联合！

米尔萨伊德·米尔沙卡尔
（一九一二年至一九九三年）

米尔萨伊德·米尔沙卡尔出生在巴达赫尚自治州舒格南市的信德韦村。他毕业于霍罗格寄宿学校和杜尚别苏维埃党校，先后在共青团校、某报社、作家协会、文化部门、共产党中央委员会工作，后来直到去世，他一直担任塔吉克斯坦国家奖委员会主席。

米尔萨伊德·米尔沙卡尔是苏联国家奖（一九五〇年）、塔吉克斯坦人民诗人称号（一九六二年）和鲁达基国家文学奖（一九六四年）获得者。

自　豪

在旅途中有人与我聊天
一个外国人，从他的问候中
旧世界的气味扑鼻而来，
他的话冰冷而令人厌恶。

他嘲笑讽刺地说：
"你衰老的国家变得年轻了，
拥有了科学与知识，
在世界上有了广泛的名声。

她的胸怀敞开了幸福之门
像母亲一般面对老人与年轻人……
但是你的民族有什么印记
留了下来，给我介绍一下！"

我的国家虽然又老又小，
她民族的威信并不低，
她负有盛名的人民高昂着头，
她民族的自豪也是高贵的！

我想告诉他，应该保护
那扇令你受益之门……
但是我平静地对他说：
"摘下
你眼睛上敌视的眼镜，
你看，我们民族的旗帜

在我的国家上空飘扬，

鲁达基点燃的火炬，

它的火焰照亮着我的内心！"

不要生气，这是真的！

鸢对它的朋友

犹犹豫豫地说：

——我没法对你

说出自己内心的伤痛。

我们的样子像鹰一样，

我们的动作，

我们的争斗，我们的飞翔，

我们的喙……

那么为何不把我们

称作为鹰？

为何不为我们

唱响赞歌？

这个问题的答案

它的朋友也不知道。

来了一只麻雀，

说：

——毫无疑问，

你的样子与动作

都像鹰一样，

你们的争斗，你们的喙，

也像鹰一样！

只有你们的心

不像鹰!

不要生气,这是真的,

这不是传说!

没有区别

一天，
在令人向往的旁遮普邦，
在一个小城市，
参观完穆尔克·拉吉·阿南德[1]
博物馆后
我们被带到了一所学校。

……谈话间，
一个小学生
尊敬地
摇晃着站起来
停了一会儿，
问：

——在你们的学校
字母表的第一个字母
是哪个，您说一下？
我说"A"时
他高兴起来。

他接着问，
挺直了身子：
——在你们那儿
如果两个二相加

---

1 穆尔克·拉吉·阿南德：印度杰出的英语作家。

是多少?
我说"四"时,
他高兴起来。

高兴的
那一刻
在朋友的肩膀
他用手拍着
说:
——看到了吧,
我们与他们之间
没有区别!

多才多艺的姑娘

头戴鲜花的古丽碧比——
多才多艺的姑娘
她想和面，
她想做油馕饼，
但是没有柴火。
没有麦面。
水壶空空，
一滴水也没有。

不要难过，古丽碧比，
亲爱的，古丽碧比！
我到山野去
给你带来柴火，
我从大磨坊里
给你带来麦面。
我从河里带来水
灌满你的水壶。
到那时你再去和面，
到那时你再去做油馕饼。

他丢了笔

上课时
老师
问他的学生
萨伊德：
——你看，我的学生，
我的手里有十支笔，
如果你的朋友阿赫迈德
把自己的笔给了我，
你说一下，
那时候我的笔
一共有多少支？
萨伊德回答
说：十支！
老师听了这样的回答
十分惊讶，并且感叹地
问道：
——为什么？
这次萨伊德，
低声地说：
——我的朋友今天早上
丢了他的笔！

哈比布·尤苏菲

（一九一六年至一九四五年）

哈比布·尤苏菲出生在撒马尔罕。大学毕业后，在苏联科学院塔吉克斯坦分院历史研究所、语言和文学研究所担任研究员。一九四二年，他参加了伟大的卫国战争，并于一九四五年二月二十二日在华沙保卫战期间牺牲。

紫罗兰，盛开的花儿……
——仿科奥尼[1]

柔和的风吹过原野与山岭，
欢快地，带来播种季节的喜讯。

此时欢鸣的鸟儿飞过，
飞出窝巢，向着田野的方向。

来游览花园吧，欣赏田园风光：
那里有花朵千万！

在这令人愉悦的春天花朵盛开，
园林草地上处处是紫罗兰，盛开的花儿。

令人舒畅的风多么沁人心脾，
紫罗兰的花香飘散在每一个角落。

紫罗兰花开漫山遍野，
肆意绽放令人欢悦。

来吧，来吧，我俩去田野山川，
去帮助那些劳作的人们。

---

1 科奥尼：全名科奥尼·设拉子，伊朗诗人。

嘴角的笑容

你嘴角的笑容带走了我平静的心，
你美丽的一瞥击中了我的心。

离开你那一刻我灵魂的花园落叶遍地，
你脸上盛开的花朵是我心中的春天。

你月亮般的脸庞总是浮现在我的眼前，
你的爱在我的心中从不会离去。

你明眸一瞥是送给我的礼物，
这一瞥驱散了我内心的迷雾。

所有的对手炉火中烧，
如果他们看到，你占据了我的心。

我看一眼你如花绽放的脸，
爱情，我的花朵啊，成为我心中的座右铭！

我的心被你黑色长辫的发梢紧束，
我的心坠入你的爱情之路。

我告诉她，深藏你的爱情之火，
但是她让所有人看到了我内心爱的火花！

依靠你的工作

你不是那种姑娘，为美貌的脸庞而骄傲，
依靠自己如花一样的容颜。

你没有月亮般的容貌，在爱人面前
展现甜言蜜语的娇柔。

你在所有姑娘之上，因为你
依靠知识与劳动展现你的娇柔与骄傲。

我愿为你的眼睛献身，因为自己的国家
需要用警醒的眼睛来守护。

或者在高空之中，或者在国家的边远地区，
你用心灵服务于你胸怀世界的人民。

何时对手才能从你坚定的眼神中知道，你
将用自己的目光吸引世界的关注。

我的内心有着对你永不磨灭的爱情，
亲爱的，我值得让你把我当作你的心上人！

以生活的名义

如果生活如此总有心上人相伴，
给我酒，为了这永恒的生活喝醉！

心啊，跳动吧！
　　舌头啊，不要沉默！
笔！
　　一起来谱写生活的故事！

生活是美丽的源泉爱的源泉，
生活的宝藏给予我们的是内心的财富。

用自己蓝黑色的眼睛，
　　哎呀，
你们如此可爱，生活的纯洁美丽的脸庞！？

除了自己令人瞩目的可爱脸庞，
你们每个人都得到一个生活英雄的称号！

你们去哪里，胜利都是你们忠实的朋友，
你们坐在幸福的船上，生活的人民！

你们幸福的爱让敌人的双目失明，
你们美好的生活——让敌人的生活死亡！

生活！
　　我要赞颂你的美，如果可以，
每一次我都是生活花园中深情的吟诵者！

是时候了，笔啊！

是时候了，
　　笔啊，
　　要比刀更加锋利！
是时候了，
　　语言啊，
　　要比雷电更加轰鸣有力，
我要打击敌人，
　　将他们连根拔掉，
直到，
　　箭毒木变得光秃枯死！

伟大人民有着强烈的爱国之心，
热爱祖国，
　　永远热爱，
无数次诅咒法西斯分子，

把法西斯
　　怀着仇恨埋葬！

今天祖国像男人一样参加了战争，我
比以往任何时候都更爱我的祖国，
如同此刻我在战场上充满信心强大有力，
今天我的心上人比以往任何时候都更爱我！

那不是我，我的拳头将会让敌人惶恐不安，
那不是我，我在这一刻不会考虑其他事情，

"那不是我，在战争中只看到我的背影，

那才是我，在尘土和热血中看到我的头颅"！

是时候了，

　　笔啊，

　　要比刀更加锋利！

是时候了，

　　语言啊，

　　要比雷电更加轰鸣有力，

我要打击敌人，

　　将他们连根拔掉，

直到，

　　箭毒木变得光秃枯死！

阿明江·舒库黑

（一九二三年至一九七九年）

阿明江·舒库黑出生在胡占德地区鲁莫尼村。他在接受短期培训后曾任教师，后来在内务部工作。一九四七年，他开始从事新闻工作。毕业于莫斯科党校新闻系。他曾担任《苏维埃塔吉克斯坦报》的总编辑、作家协会副主席、塔吉克斯坦广播电视委员会主席。

阿明江·舒库黑一九六五年获得鲁达基国家文学奖，二〇〇三年获誉塔吉克斯坦人民诗人称号。

我热爱祖国纯洁的样子

我热爱这祖国的土地，
我热爱祖国纯洁的样子，
在我活着的每一天，
我都将躬身低头。
在我宽广的心田中，
我种下爱与忠诚的种子。
目光投向我的每个孩子，
我热爱祖国纯洁的样子……

春天，百花争奇斗艳，
云朵撒落珍珠，
青草如茵冒出地面，
葡萄藤儿戴上了耳坠，
这美景令我陶醉。
我热爱祖国纯洁的样子。

从心脏第一次开始跳动，
我的脐血已融入这片土地，
我的爱如泉涌在这片土地，
我的头骄傲地向着太阳。
无论哭泣还是欢笑，
我都热爱着这祖国的土地。

没有一个月像三月一样

不必每周写一首诗，
每种果实都有自己成熟的季节。
但是一年不会有两个三月，
每个月都有自己的名字。
三月——等待的月份。等待
园丁、园林、农民和土地。
三月——不安的月份。躁动不安的
爱人的心、美丽姑娘的秀发。

三月就像春天的新娘，
仿佛为自己的行为害羞，
但是最后情不自禁地
在温暖的怀抱中紧紧拥抱园林。

手心里接满清晨的雨水，
原野的花朵鲜艳如洗。
夜莺从旅行中返回，
重新在祖国的花园中歌唱。

不必每周写一首诗，
这是对的，但是春天除外。
没有一个月像三月一样，
它让诗人躁动不安。

她的白发的尊严

即使东升的太阳的光芒
照耀着整个世界，
但是这样强大的力量
也不能与母爱相提并论。

只有母亲无论寒暑，
永远在我们的摇篮旁，
毫无倦意，夜复一夜地守候，
含辛茹苦地养育。

她的身心与孩子在一起，
她把孩子当作自己的心肝。
如果刺扎到孩子的脚上，
就像用剑刺到了母亲的心上。

为了她满怀希望的思念，
为了她的白发的尊严，
从内心里尊敬她，
永远不要让她流泪。

我的赞美

姑娘啊，从我的灵魂中给你最好的赞美，
在我的胸中像心一样赞美你的爱。
像晨风一样赞美你的秀发，
在心旷神怡的公园赞美你松柏一样的身材，
在我的心中赞美这爱与忠诚的宝藏。

美丽的姑娘啊，我已经上百次地考验了你，
我已经考验了你的真诚善良以及言行，
我在战争中更好地考验了你，
我考验了你保卫祖国的行动。
正因为这些，姑娘，我要赞美你。

虽然一段时间我远离你，这是我的光荣，
到战场上去，我与法西斯分子对抗。
你的爱，闪烁在我的眼里，花儿啊，
比峰巅上的绿叶更加青翠，
这一刻，我赞美你一如既往的成长。

亲爱的爱国者啊，有一个知心人已经足够，
因为你我欢悦的心会更加欢悦，
快乐的花园里没有悲伤和艰辛，
我与你立下的誓约更加坚定，
我像灿烂的太阳赞美你纯洁的爱。

我们如沐晨风的幸福永远闪耀，
我们日月同辉的幸福将光芒洒向世界，

我们闪烁着光芒的幸福在世上永驻，

我们赖以庇护的幸福就是祖国，

我们义无反顾地真诚赞美她。

如果青春再来……

如果青春像春天一样再次到来，
像水渠里银波闪烁的流水再次回来，
像花苞重新又回到了枝条，
我要重新找到你，
用你的秀发重新编下故事。

我要重新为梦想与希望之马架上背鞍，
把我的忠诚作为礼物送到你那里，
我用自己拍打咸涩爱情的海浪，
如果你所到之地是我的港湾，
那么天地将是我心之所望。

我从不断重复没有答案的问题中，
尽量让自己通往你的道途一路顺利，
将我煎熬的心放在手掌带到你的面前，
你黑色的眼眸看我一眼，
我的整个世界就只剩下你的脸庞。

再次拽住不眠之夜的衣襟，
给晨风留下躁动不安的功课，
在你的路途留下等待的足迹，
我放飞自己的梦想，
你将会再次认出它。

只是迫不及待说出了肺腑之言，
我甘冒风险，放弃了其他的想法，

让希望的土地变得肥沃，

让你生活的花园繁花盛开，

让我感觉到你更多春天的气息。

古丽切合娜·苏莱曼尼
（一九二八年至二〇〇三年）

　　古丽切合娜·苏莱曼尼生于布哈拉，是著名诗人帕伊拉乌·苏莱曼尼之女。大学毕业后，她移居杜尚别，曾担任教师、记者、《东方之声》文学杂志主任、教育出版社工作人员、《塔吉克斯坦妇女》杂志副主编等，是一位深受儿童喜爱的诗人。

　　古丽切合娜·苏莱曼尼一九七七年获得鲁达基国家文学奖，一九八八年获誉塔吉克斯坦人民诗人称号。

珍珠项链

看这珍珠项链，
看这闪光的珍珠，
看它们相互碰撞发出声响，
看这米吉高娜的珍珠，

这项链断开了，
珍珠一个个落下来，
米吉高娜的眼泪
变成了一串串珍珠。

袷 坎[1]

我的袷坎，
我绣满花儿的袷坎，
袷坎上盛开着
祖国的花朵。

无论去哪里旅行，
我都穿着袷坎，
就像是我踏上
美丽的　　之旅。

我的袷坎　　瞩目，
花朵映衬　　的脸庞，
这是库洛　　工织品，
我对姑娘们　

看一看这袷坎
看一看花园里的
在所有的季节
都去看一看祖国的

绣工艺服饰，二〇一八年被列为联合国非物质文

妈妈和面

妈妈和面，
做油馕，
做奶馕，
妈妈和面。

在那面的周围，
是她的奶馕，
是她的小油馕，
我们都按捺不住，
我们都在等待：
什么时候面能和好？
什么时候油馕能做好？

妈妈在馕坑边，
馕坑里满是木炭，
她通红的双颊，
像两个美丽的小馕。
快点儿做好油馕！
快点儿做好奶馕！

妈妈挽起袖子，
把头发扎到脑后，
她再加一点火，
她把馕贴进馕坑，
看，她的油馕做好了，
她的奶馕做好了！

妈妈对着馕坑，
满是木炭的馕坑
满是小馕，
满是馕，
那一刻她笑了。
馕坑里的各种馕
都嬉笑着出炉了。

妈妈唱摇篮曲

妈妈唱摇篮曲，
为我的妹妹，
不由自主地
大家的眼睛都困倦了。
她的摇篮曲催人入眠，
大家都想要酣睡一觉。

妈妈唱摇篮曲，
我看着大家。
摇篮曲里有蜜，
摇篮曲里有糖——
头一挨着枕头，
甜蜜的睡梦就会到来。

妈妈的摇篮曲
这里的人都知道：
爷爷也知道，
奶奶也知道，
爸爸知道，古丽努尔也知道，
我也是一晚上无数次，
不由自主地
重复她的摇篮曲。

妈妈的摇篮曲
这里的一切都会唱：
院里的小渠，

窝里的小鸡，

夜晚的微风

跟妈妈一样

唱着摇篮曲直到天明。

故　事

妈妈，讲一个故事吧，
一个美丽的故事。
一个新编的故事，
一个很长的古老故事，
妈妈，讲一个故事吧。
在你的故事里
不要有猫和老鼠，
兔子不要没有耳朵。
小熊不要愚笨，
羚羊不要惊恐，
狐狸不要没有尾巴，
不要有阴险狡诈。
有山羊没有狼，
有勇敢与伟大。
它的孩子们聪明，
像我们一样。

阿舒尔·萨法尔
（一九二八年至一九九七年）

　　阿舒尔·萨法尔出生于塔吉克斯坦莫斯科地区（今哈马多尼）。他从库洛布师范学院毕业后，先后从事教师、教育部门高级督查、《库洛布真理报》的文学编辑、国家广播电台通讯员等工作。他著有许多诗集与故事书，自一九六七年起一直是塔吉克斯坦作家协会成员。

　　阿舒尔·萨法尔一九九二年获得塔吉克斯坦人民诗人称号，一九九四年获鲁达基国家文学奖。

祖 国

祖国的泥土是我的眼影膏，
祖国的面容是我光亮的镜子，
祖国的光芒是我耀眼的太阳，
对祖国的爱在我炽热的心中。

我的祖国给我很多教育，
让我成为祖国善良忠诚的儿子，
幸运之门在我的面前打开，
因此为它付出是我良心的呼唤。

我不会用祖国一块石头换取一壶黄金，
英镑美元也不能换取它路上的尘土，
天园考赛勒[1]也不能换取它的一滴水，
因为祖国比我的生命还要珍贵！

---

1 天园考赛勒：伊斯兰教传说中，天园中有一座名为"考赛勒"的池塘，其
池水甘甜无比，饮一口者永不口渴。

农民之诗

上天不会给我眷顾，
我自己获得幸福的眷顾。
让我的灵魂水土相融，
我生活在河边水畔。
我的心早就交给了劳动，
我活在这世上如此幸福。
春天下着淅淅沥沥的小雨，
这些都是我劳动的汗水。
我播下的种子从泥土中发芽，
我从自己的眼里看到光明的希望。
天空属于谁，谁属于天空，我不知道，
土地在我的脚下，我属于土地。

家里满是孩子

家里满是孩子，母亲在中间，
孩子们是星星，她是唯一的月亮。
她的周围有哭有笑有玩耍，
母亲在这样的热闹中感觉欣慰。
她从不离开孩子的世界，
她的心中再没有其他的世界。
孩子的一个笑声让她的生命年轻，
孩子的一个吻让世界有了意义。
她从孩子的身上看到了未来的光芒。
从孩子的步伐中看到了他们的愿望。
家里满是孩子，母亲在中间，
没有哪一个家庭比我们更加昌盛。

无 题

嘴角会不会再一次露出笑容？

苦难的祖国会不会再有欢乐的盛宴？

在日与夜的对峙中，

夜晚的漆黑会不会消失？

孩子，向着父亲的生命举起刀剑，

这愤怒之剑会不会被折断？

面对孩子的杀伐，父亲也拿起了刀剑，

在此间会不会问一下命运？

身体颤抖是受到太多病痛的影响，

这样的颤抖与病痛会不会消失？

哭泣的眼睛彻夜难眠，

瞌睡会不会像客人映入眼帘？

谁制造了困难谁带来了灾难，

历史的天平会不会逐一去称量？

这个国家失去了和平，

还能不能成为和平的国家？

失去的灵感从远处呼唤：

你的心里话能不能带来这样的幸福？

关 怀

不要担心，诗人，有人关心你，
你的诗歌和言语拥有读者。
虽然有时你对生活失去热情，
但在每一个角落你都受到热捧。
卑鄙者的辱骂很多，
但是你的崇拜者更多。
把分离的心连接在一起，
他们知道，这都是你所为。
人民需要你就像需要呼吸一样，
只要呼吸还在，他们就是你的朋友。
人的价值变低了，遗憾啊，
这严重的忧患得由你来负担。
你未曾离开过人民的痛苦，
虽然卑鄙者使你痛苦。
只要你支持别人，
别人，一定，也会支持你。
只要你对别人伸出援助之手，
别人有一天也会帮助你。
这些苦难与黑暗的日子将会过去，
你的那些想法，都将会实现。

加富尔·米尔佐

（一九二九年至二〇〇六年）

加富尔·米尔佐出生于霍瓦林戈地区，他曾就读于库洛布师范学院、杜尚别师范学院和莫斯科文学学院。加富尔·米尔佐长期在《东方之声》杂志工作，多年来一直担任塔吉克斯坦保护和平委员会执行秘书。

加富尔·米尔佐于一九九四年获得塔吉克斯坦人民诗人称号。

谁来做？

我不为祖国的悲伤受难，谁受难？
我不为祖国奉献出生命，谁奉献？

我不与她的善恶同行，谁同行？
我不号召她的忠诚与守护，谁号召？

我不去弘扬正气，谁弘扬？
我不去打击歪风邪气，谁打击？

我不为伟人们骄傲，谁骄傲？
我不为祖国开拓道路，谁开拓？

我不去追求内心的责任，谁追求？
我不为行路者开辟坦途，谁开辟？

我不警觉灾火，谁警觉？
我不选择牺牲，谁选择？

我不为等待者传递喜讯，谁传递？
我不为贫困者带去鼓励，谁鼓励？

我不为身负重荷者减轻负担，谁减轻？
我不为蹒跚老人提供帮助，谁提供？

我不拯救被压迫者的生命，谁拯救？
我不去维护公平正义，谁维护？

我不撕破欺骗的帘幕，谁撕破？
我不揭露帘幕后的行径，谁揭露？

我不去铲除地痞恶霸，谁铲除？
我不去保护受欺凌者，谁保护？

我不去尝试这个时代的困难，谁尝试？
我不去阻止人们饮下毒液，谁阻止？

我不享用生命的回报，谁享用？
我不为自己的行为骄傲，谁骄傲？

我不为祖国的悲伤受难，谁受难？
我不为祖国奉献出生命，谁奉献？

鲁斯塔姆[1]之弓

鲁斯塔姆弓弩所到之处
就能见到春天。
根据大人们的传说，
那是隐埋宝藏之处。

那时我很小，但我狐疑地
在内心对我自己说，
这玩笑满是我们的嘲弄，
是大人们寻开心的一种新方式。

其实在土地上，在每一寸土地上，
人们知道，都有隐埋的宝藏，
他们为什么不打开这些宝藏，
让自己走出生活的困境？

春去秋来二十载，
现在我找到了原因，
为什么不打开这些宝藏，
让自己走出生活的困境。

春去秋来又三载
鲁斯塔姆的七彩弓弩
落在心之所愿的地方，
来到一个名望之家。

1　鲁斯塔姆:《列王纪》中的英雄人物。

比那宝库更珍贵的在哪里？
我看到了它们又能如何？
对我来说那是一个欢快的地方
是一个未曾到达过的宝库。

春去秋来二十载，
现在一切都清楚了：
那些宝藏就像我看到的一样
实际上已经被证实。

但是为什么没有人得到，
它变成了人们的神话。
就像这令人向往的宝藏一样，
我把它变成一个爱情的神话。

雪　花

雪花落在你的唇上，
就像在火炭上被融化，
绽放或者燃烧的一滴，
一转眼消失无踪迹。

再一次，它变成了雪花，
这是一次欢快的旅程——
再获新生并非玩笑
从它自己年轻的生命之源！

千百次的雪水变换，
还会千百次地再变换。
为什么不享受！——这是神奇的命运
什么时候还会再次出现？

我们时代的童话

我们，途中两个朋友
在清晨
从戈壁荒岭
　　　去往原野。

在狭窄的山岩上
突然每块石头
都变得光彩照人
　　　我们看到了郁金香的世界。

巴哈尔弯下腰从右边
随意摘下一朵郁金香
郁金香哭喊起来，
　　　我们听到了它的哭声。

为了确认这一点，
他再次摘下一朵郁金香，
那哭喊更加悲痛，
　　　我们害怕地安静下来。

郁金香的伤疤上是：
一幅美丽的图画。
那么娇柔美丽，
　　　我们发出一声叹息。

在这如谜的缠绕中

我们俩被惊呆了，

惊奇爬上我们的面孔

　　我们咬着自己的手指。

大山中的秘密

比雨雪还多，

它的这些童话

　　我们才探寻到。

《列王纪》[1]

伊朗陷落于阿拉伯人的铁蹄下，
阿拉伯人的行径变得强势，

高贵尊严的风俗和精神
被阿拉伯的荒漠者所占领，

他们以刀剑的暴力方式
对待拜火教徒的思想观点，

国王，阿米尔，高官大臣
变成了外国人的奴隶和喂马人，

复仇的火焰熄灭，
羞耻和名誉击打着众人的内心，

伊朗的勇士，无论男女，
都接受了被统治的命运，

图斯握笔之人[2]走向战场，
与各种卑鄙之人战斗，

与祖国那些卑劣懦弱的人，
与那些无耻忘记自己祖国的人，

1　《列王纪》：也译作《王书》，是古代波斯塔吉克语诗人阿布尔·卡西姆·菲尔多西的代表作。
2　此处指菲尔多西。图斯：城市名，在现伊朗境内，是菲尔多西的出生地。

与那些对阿拉伯曲意逢迎的人，
与那些争权夺位的贪图之人，

与那些愚钝之人战斗，
与那些忧虑痛苦之人，

与那些畏惧服从之人，
与那些委曲求全之人，

与那些麻风病人战斗，
意念和语言的麻风病人，

与那些盲聋者战斗，
那些不了解自己祖先追随阿拉伯的人，

他娴熟地削尖武器
为了战斗的精神，骄傲的时刻，

以充满荣誉的钢铁与带有尊严的金刚石，
以站起来的号角与高亢的声音，

这已有数千年历史的武器
它不会生锈，也不会被尘土掩盖。

这从笔尖开始的武器，
成为伊朗人的武器与旗帜，

这像坚实墙基一般的武器
阻止了土崩般的死亡，

不让面临死亡的波斯人死亡，
不会对外来者拱手相让，

赐予他们力量并指引他们，
为未来的希望铺平道路。

重新建造波斯人的殿堂，
这旗帜在他们的屋顶上飘扬，

耸立的木头就是那笔，
闪亮的布料就是《列王纪》。

乌巴伊德·拉贾布

（一九三二年至二〇〇四年）

乌巴伊德·拉贾布出生于彭吉肯特地区聂克诺特村。杜尚别师范大学毕业后，一九五四年起在《东方之声》杂志工作，一九六六至一九七七年任《东方之声》杂志总编辑。他是著名儿童诗人，从一九七七年至离世一直担任塔吉克斯坦作家协会儿童文学顾问。

乌巴伊德·拉贾布一九八七年获得鲁达基国家文学奖，一九九二年获得塔吉克斯坦人民诗人称号。

我的小妹妹

我的小妹妹，我的妹妹，
和我的妈妈一个样，
小两岁一个月
比我和我的弟弟。

我的妹妹像花儿一样，
像风信子的枝儿，
像薄荷的丛儿，
像野生的郁金香。

她的双颊——两颗石榴，
她的双辫——恰似黑夜，
她的双眼——两颗巴旦木，
像爸爸的双眼一样。

我的妹妹的吵闹声，
就是一首抒情的音乐，
我的妹妹人见人爱，
我的妹妹是我们的快乐！

我和月亮

月亮在山顶上，
月亮在渠水里，
借着渠水里的月亮
洗净我的手和脸……

从山顶上望着我，
从渠水里望着我，
嬉笑着望着我
两个快乐的月亮。

有时候直到天明
我们都在梦乡中：
我在床上，两个月亮
一个在山顶，一个在水中。

是谁？

她是谁，是谁？
脸儿遮掩在头发后面，

在碗勺之间
两只脚丫，在水渠边。

勺子在草地上，
碗儿在她的手上。

沾着蜂蜜的勺子，
黄蜂落在勺子边。

洗碗和勺子
用水渠里干净的水。

她是谁，是谁？
圆脸庞的洗碗人？

谁更累？

绑紧腰带，
伊索拿着铁锹干活，
坐在椅子上
穆索高谈阔论。

一滴一滴落下
汗水从伊索的脸上，
丝毫不想帮忙
穆索对伊索。

穆索沉溺于谈论，
伊索沉浸于工作。
你说，他们中是谁
更辛苦？

穆明·卡诺阿特

（一九三二年至二〇一八年）

穆明·卡诺阿特出生在达尔沃兹地区的库尔高瓦德村。一九五六年，他毕业于塔吉克斯坦国立大学塔吉克波斯语语言文学系。他曾在《红色东方》杂志工作，担任过塔吉克斯坦作家协会副主席，一九七七年至一九九一年任塔吉克斯坦作家协会主席。

穆明·卡诺阿特先后获得苏联国家奖（一九七七年）、鲁达基国家文学奖（一九八〇年）和塔吉克斯坦人民诗人称号（一九九二年）。

给塔吉克语的热爱者

说甜言蜜语，寻找名言警句，先生啊，
　　你想寻找什么，就去寻找吧。
像无边无际的海，无以计数的珍宝，
　　你想寻找什么，就去寻找吧。
说它是波斯语、达利语或其他什么语，
　　你想说什么，就说吧。

说它是诗的语言爱情的语言或其他什么，
　　你想说什么，就说吧。
对我来说它只是我的母语，
　　就像母亲的乳汁一样。
没有什么能取代它，没有，
　　因为它带着母亲的爱。
正因为它有着恋人般的诙谐幽默，
　　我真的爱它，
正因为它宛如母亲温暖的抚摸，
　　我真的爱它。

清晨的喜讯

清早公鸡的啼鸣把我唤醒，

　　黑夜已经退去。

我快步迎接新一天的早晨，

　　多么愉快地来临。

太阳从山边升起

　　使人间的灯盏静默。

生活就像这清晨别后重逢的父亲，

　　走来给我深深的拥抱。

云间月亮就像骑行在鸟儿的羽翅上，

　　向着西边遁去，

太阳重新照亮了世界，

　　新的一天开始了。

我的祖国美好的一天又开始了，

　　春天里美好的一天，

生活与太阳一起在飞翔

　　向着未来的方向！

我的哥哥

我的眼里有你的身影，耳畔是你的声音，

我的嗅觉里还留着你的气息，

我的心总是飞向远方追随着你，

如今我长大了来寻找你，

我的哥哥，

像我的精神与灵魂一样的哥哥！

我走过乌克兰的每一寸土地，

敲响每一户门，找寻每一片墓地，

我在大理石墓碑上找寻你的名字，

我找啊，却找不到你的讯息，

我的哥哥，

像我的精神与灵魂一样的哥哥！

在我童年的时光里你是最大的，

在村子里你是最强壮的，

像梧桐的树荫，你是家里的顶梁柱

但是你的谦虚让人察觉不到这些，

我的哥哥，

像我的精神与灵魂一样的哥哥！

说吧，你的墓地在哪里，你简陋的墓地？

在你生命的最后时刻谁在你的身边？

在你倒下的那一刻，有谁扶着你？

你在想谁？你在等待谁？

我的哥哥，

像我的精神与灵魂一样的哥哥！

在寻找你的时候，朝向我
每一扇门打开，每一扇门里都有一个哥哥——
尽管没有找到你，可我在这里找到了
千万个哥哥，永远的哥哥，
我的哥哥，
像我的精神与灵魂一样的哥哥！

每一颗敞开的心，都装进了我的胸怀。
每一道平静的目光，都为我欣然接纳，
那战胜痛苦的微笑——仿佛涌动的波浪，
你的目光明亮，你的生命永存，
我的哥哥，
像我的精神与灵魂一样的哥哥！

来自叙事史诗《斯大林格勒之声》[1]

> 对我来说如果要讲一个城市，那一定是斯大林格勒……
>
> ——多洛雷斯·伊巴露丽 [2]

言语应该是深沉厚重的土地，
言语应该是富有力量的创世主，
士兵的心应该像你一样站岗，
我的大地母亲，
阅读着你的双手。

言语是死去的巫术，重新复活，
像河一样容流在自己的河道。
应该情愿，念诵你的赞词。

言语是妈妈心里苦涩的眼泪，
是姑娘甜蜜的思念之吻，
为了新的射手和年轻士兵——
同样应该，阅读你的秘密。

言语应该带来缘分之路，
应该带着老母亲的祝福，
睿智地避开语言的伤害，
轻声诉说你的奇迹……

1　《斯大林格勒之声》是作者创作的一首六部曲叙事史诗，这是其中的节选。

2　多洛雷斯·伊巴露丽（一八九五年至一九八九年）：二战前后西班牙共产党总书记，善于鼓动宣传，被称为"热情之花"。

冬天将花种撒进泥土，

春天花浪会从泥土里涌现，

但是撒下人类的种子，不会发芽，

不会有人生长起来，

    说出自己内心的话语。

将躯体埋入土地，

鲜活的土地上耸立着没有灵魂的塑像，

就像是神附身于人的形体，

向在场的人们诉说看不见的东西。

但是我从母亲那里寻找心里话，

为了士兵的塑像我寻找灵魂，

我像希诺[1]一样在天地间寻找，

在某一时刻让死去的人活过来。

头放在母亲的怀里时，

我在燃烧，在内心的光芒之间，

我把冰冷的石头放在心上，

这个男人，

像一个没有父亲的孩子。

当我看见与逝者告别的那天，

当我看见低着头的士兵和母亲的哭泣，

当我看见老人们再次恢复了青春，

我像咿呀学语的婴儿诉说着你的真理。

母亲哟，我寻找着美好的祝福，

---

1 希诺（九八〇年至一〇三七年）：也译作伊本·西那或伊本·西纳，拉丁语名叫阿维森纳。他出生在布哈拉附近，是十一世纪中亚的大医学家、诗人、哲学家、自然科学家，被称为世界医学之父。

像你的孩子等待着美好的前程，

让我的世界，

变成隐秘的世界，

让我打开那苦涩的故事！

心之城

我们友善的土地让城市萌芽，
我们友善的心能够容纳百川，
河流溪水从我们的心河流过。

我们友谊的天空中鸽子在飞翔，
我们友谊的背后泽拉夫尚河在闪亮，
我们友谊的飞船翱翔在蓝色的星空。

我们，用一首直抵内心的诗让灵魂共鸣，
我们让一张美丽的脸庞上双眉相连，
我们对朋友的承诺数百年来不曾背弃。

如果没有我们的友谊，溪流不会再有，
如果没有心中的焰火，浓烟有何作用，
为了美好的生活我们不在乎利益得失。

我们曾在同一个屋穹下有同一个庇护所，
我们的双眼面向着星空有着同样的目光，
曾有的基础成为我们"发展之痕"的车轮。

在我眼里古老的塔什干是优秀的青年，
让人民的生命心灵彼此相通，
在我们的心之城中没有一个异乡人。

亚洲和非洲存在于我的心之城，
江河湖海存在于我的心海之中，
感恩之水再次从我的心底流出。

库特比·克罗姆
（一九三二年至一九九五年）

库特比·克罗姆出生于艾尼地区乌尔迈塔尼村。从杜尚别师范学院毕业后，他曾担任学校教师，并先后在地方报纸、《红色东方》与《东方之声》杂志、学识出版社和作家出版社等机构工作。

库特比·克罗姆一九九二年获得塔吉克斯坦人民诗人称号，一九九四年获得鲁达基国家文学奖。

第一首诗

我朗诵自己第一首不押韵的诗，
因为无需给记忆之弦带来负担。
只为某个人的胸中，与我的诗歌共鸣，
在绝望的时候给他带来希望。

我的第一首诗并非发自肺腑，
因为我笔尖的火花激情难现。
只为那草地，那阳光之下的青草
等待着水的浇灌。

我的第一首诗并没有悲情地倾述，
因为天地有着自己悲伤的源头，
我的这首诗只为世上失去母亲的孤儿，
犹如他爱莫能助的叔舅和善意欺骗的姨婶。

我在那一天朗诵了第一首诗，
战争的硝烟让醒着的世界陷入了黑暗，
或者说，阳光留在了石头之下，
在任何地方都不见和平之光。

我在那一刻说出我的第一首诗，
在我的手里是带来哥哥死讯的信笺，
我把"死亡"改为"活着"，
我忍住自己的泪水，把它交给了母亲。

馕的味道

那些年，国家捍卫着自己的尊严与名誉，
战争的灾难之手使人们陷入困窘。

在这一时期，在一个阳光明媚的春天，
饥饿用它粗暴的手带走了我的活力。

带着空虚的心，我充满渴望地出现，
在餐布、锅盆与盘碟间寻找着。

餐布如此洁净像先知的餐布，
锅盆与盘碟干净得像天空一样。

"妈妈，我早餐的馕在哪儿？"
但是从母亲那里我得到的是无言的回答。

我不相信，又变得焦躁不安，
像热锅上的蚂蚁到处乱跑。

正当我把手伸向装馕的木箱之时，
突然闻到从远处飘来馕的味道。

这味道带给我新的享受，新的力量，
我反身在木箱里寻针一般地翻找。

没有一点儿馕块，但是馕的味道
给我精神的享受，给我身体以力量……

战争结束了，祖国的人民快乐起来，
每个家庭都幸福美满，获得关照。

我长大了，如今的世界能够回应我的呼求，
但是那香味何时才会从我的记忆中消失呢？！

心里话

我不是学舌的鹦鹉，
不是到处争斗的雏鸡。
我的动作沉重如我的负担，
我的诗正如同男人的诉说。

我从来不曾跨入，
自私自利的行列。
我从未炫耀过自己，
我从未伸过手乞讨。

虽然我胸中并无特定的模式，
但是我的心里充满了感情，
每个与我相遇之人都会有收获，
他们将获得满满的恩惠与忠诚。

我生命的珍宝财富始终是
我内心的话语和痛苦。
我从未挪动过别人的麦秆，
我从未从草垛里找寻过黄金。

我像鹰一样栖息在山顶，
让翅膀与喙如铁坚硬。
我的雏鹰飞翔在高空，
都只为在天地间护卫……

只要我还站在时代的高处，

污脏之手就不能欺负别人。
纯净的天空给大地带来温暖，
在这样的环境中雏鸟不会死去！

我相信

我相信心上人纯真无邪的眼睛，
相信静默的水仙花的眼神。
游子们无论身处何方，都会回到家园，
我相信可怜的母亲的希望。
我愿与心无怨愤的男人同行，
我相信心怀感恩的君子的伟岸。
有钱人的日日奔波是他的缺憾之处，
我相信那些愉快的贫困者。
非君子之财就像水中月镜中花，
我相信河渠中清亮的流水声，
总有一天谦虚会将你带到显位，朋友，
我更相信那些拥有大地般性格的人。

女　人

一个美丽的女人来到泉水边，
一个像太阳般的女人走过来，
难道她的头上戴着国家的王冠——
这般地高贵骄傲？

风沉醉于她秀发的香气，
在她的身侧往来吹拂，
泉水映照着她的脸影，
山峦吸吮着她的气息。

青春与美丽的骄傲与陶醉，
奔腾的河流在她身旁寻找……
她没有留下一丝眼光
在祈祷的诗人的方向。

无论她做什么，都不要伤害她，
无论她想什么，都不要阻拦她，
否则她离开，还将带走那些
清泉与山峦，你不知道吗？

马斯坦·舍拉里
（一九三五年至一九八七年）

马斯坦·舍拉里出生于彭吉肯特地区泽里吉萨尔村。一九五九年从塔吉克斯坦国立大学塔吉克语言系毕业后在出版社工作，从一九六八年起一直是学识出版社的编辑。一九八七年在杜尚别去世。

言语的恩惠

在一处荒野强盗遇到了诗人，
就像在晚上发现了金银钱财。

他将诗人从头到脚看了一眼，
他的眼神里显露着他的目的：

"说实话——是把钱包给我，
还是像铁块一样把你扔到铁砧?！"

诗人说："我不仅要给你钱包，
还要为你这样的朋友献上我的灵魂。

因为生命流逝我的这钱包
留下，它会成为我灵魂的裹尸布。

时至今日我对这钱包并无需求，
我的世界上除了这多余之物再没有什么！"

这番话的恩惠像柔和的旋律流淌，
那蛇把自己的毒液吐在了石头上……

五颗星星

——给我五个亲爱的妹妹

感谢我的父母亲
给我留下了五个妹妹。

我的五个心灵相通的妹妹，
我的骨肉相连的妹妹。

五个像母亲般为我担忧的人，
望眼欲穿身心疲惫盼我归来。

五个我的电话的铃声，
在我灵魂的领地将我的灵魂俘获。

五块我的花园的土地，
干渴，因为想念我而干渴……

五页我的伤心的信纸，
五个祝福我的日夜……

……在我的家乡日夜不安，
想念着身在远方的我……

"你在哪儿啊，我们焦急万分，
可以抛弃自己，但不能抛弃你。

充实的内心啊，我们昂起的头啊，
你总是代替我们的爸爸……

转眼间，父亲离开了我们，
我们被留在了对你的思念之结中……"

妹妹们，
　　我的五个妹妹，
全部都是母亲的翻版，

天空真理之眼没有瞎，
你们五个从未远离我的心。

你们五个，我的五颗高悬的星星，
日夜在我的头上洒下光辉。

星空之轮，无论如何，已不会再有馈赠，
除了你们我没有别的星星。

感谢你们五个，星星们，
感谢你们五个，妹妹们。

向着你们，我的五个高悬的星星，
我全心全意地飞向夜空……

无　题

一只鸡在一条路的土堆上
盯着每一点碎粒寻觅着食物。

用鸡爪和喙有偿劳作般寻找着
扒开土堆后找到两三粒食物。

它的鸡冠由于用力地动作
就像帽子来回竖直又弯曲。

在它使劲刨土时突然停顿了下来，
感觉到，在它的头顶有一片黑影。

它仰起头——看到一只鹰
衔着食物在空中飞翔……

它叫着用力地扇动翅膀，
它要证明，自己不比鹰少一根羽毛。

"我也要飞到那绿色的地方——"它说，
"那地方，食物一定想要多少就有多少……"

老鹰没有看见这只鸡之后的情形
它忘乎所以滑稽的样子……

从那垃圾堆上奋力飞起来，

但是以全部的重量，一口气

撞到石头上，翅羽掉下来，
就像秋天树叶从树上落下来。

老朋友

我的朋友对我生气了
真诚的朋友，老朋友。
此后我明白了
生活有苦也有甜。

你没有朋友，就没有忠诚
生活也会没有意义
所有的财富，
欢娱
孤独的人都不会有。

我见过——孤单单的一只鸟，
没有去往窝巢的方向。
如果快乐的生命就是有水有食物，
那么到处都是水和食物……

我们短暂的生命，
不值得生气，
谁用心去寻找另一颗心
他的心灵将拥有无尽宝藏！

我热盼着你的到来，
老朋友，亲爱的朋友，
如果你在我的旁边，
生活将变得美好多彩！

鹰之歌

我是鹰，是山鹰，
我飞翔的翅膀是祖国的名字。
我振翅侧身向着月亮与太阳，
从祖国的每一座山脊之上。

我的窝巢在山顶之上，
我从高处俯瞰土地。
天空无论多么苍绿迷人，
都不如大地那般令人陶醉。

从大地上寻找食粮，但是
绿色的天空才是我的领地。
我会冲破沉沉乌云
那在我的道路上满布的阴影。

我爱万里无云的天空，
我爱大地苍翠的绿植。
就像大地向往晴朗的天空，
我所依靠的是大地的智慧。

我是鹰，是山鹰，
太阳的光芒在我的翅膀之下，
到大地泛绿麦子丰满之时，
我幸福的雏鹰也将长出羽毛。

博佐尔·索比尔
（一九三八年至二〇一八年）

　　博佐尔·索比尔出生于法伊佐博德市苏菲尤村。一九六二年从塔吉克斯坦国立大学毕业后，先后在《教育与文化报》《东方之声》杂志部门工作，担任负责人和塔吉克斯坦作家协会的诗歌顾问等。他在美国西雅图生活和写作了一段时间。二〇一三年，他回到祖国，积极参与文学和公共事务。他于二〇一八年五月一日在美国去世。他的遗体被带回塔吉克斯坦，安葬在卢乔布墓地。

　　博佐尔·索比尔一九八八年获得鲁达基国家文学奖，二〇一三年获得"总统之星"勋章。

塔吉克斯坦

塔吉克斯坦，塔吉克斯坦
每次离开你的怀抱去往别处，
在每一次的行程中我脱去长衫，
我的脚在通往边境的路途
步履沉缓地行走，
我的脚印不会丢弃任何一点你的泥土。

在任何有水的地方，
哪怕只喝一滴，
我也会在眼里将另一滴带上，
只为给你的水里再增加一滴。

我的脚踏上任何一块土地
都像是过路人中的一位，
我在睫毛上带去一点尘土
就像是带给你的礼物，
只为给你的泥土里再增加一点。

在任何地方看见石头，
我都会把手放在那石头上
就像放在自己孩子的头上一样，
我说：它应该来自巴达赫尚，
是被带走的正在怀里吃奶的婴儿……

我旅居去往任何地方，
那路途就像抒情的诗

一行一行刻印在记忆，
那路途就像抒情的诗
丝毫不差刻印在记忆，
直到我踏上归程的时刻
毫无差错地走向你。

在任何去过、没去过的地方，
我就是你那农民的孩子，
我为你山峦碎裂的梦担忧，
为你的绿植荆棘担忧，
不为你分忧你的馕我难以下咽，
不为你分忧你的河水我难以饮用。

孤单的时候我走向你的山峦，
当我把头放在你石上的那一刻，
当河中流水与我共鸣的那一刻，
你瀑布的哭泣会令我哭泣，
你雨水的云朵会带走我，化为雨水，
在我孤单的时候一刻也不让我孤单。

塔吉克斯坦，塔吉克斯坦，
我感恩你的所有，
我感恩你的悲伤苦难，
我不需要你的财富，
拥有祖国，已经足够，
和你的秸秆荆刺一起平等地生活也已经足够。

离乡十年……

已有十年我未曾在乡村的山坡上采摘过花朵，
未曾在乡村的山坡上有片刻呼吸
在异国他乡的我，内心却一直在疼痛，
我并不想交出灵魂离开这片土地。

在乡村的山坡上我的先祖们长眠，
我将把所有的山坡啊肩负着带到我的身边。
哪怕有片刻我将你的乡村忘记，
你说，你将用鞭子狠狠地将我鞭打。

已有十年我未曾去过母亲的坟前，
已有十年我亦未曾去过弟弟的坟前。
每朵黑色的花儿都像身着黑色衣裳的妹妹
已有十年在我的梦里她的心悲伤流泪。

在没有我的这十年父亲的坟墓已逐渐塌陷，
父亲栽种的葡萄藤蔓延，在园中山坡之间；
它珠宝般的葡萄仿佛来自我的血脉，
它珠宝般的葡萄仿佛来自我的心泪。

在异国他乡的艰难我历历在目，
像碎落的玻璃，像我见到的玻璃碎片，
像玻璃割腕，像锋利的玻璃碎片，
像玻璃划破血脉，像滴血的玻璃碎片。

我从未在安静的地方感到过轻松，

它的水波从未亲吻过我的脚踝，

除了这片土地还有哪里能让我平静？

像一个人的木乃伊在自己的土地里长久不腐。

我漂泊的雨水十年间不曾少下，

我的骨头尖锐，却没有锋利的笔尖，

离开你以后，杜尚别啊，我再也未曾诵读动情的诗，

在漂泊的城市除了困难我一无所有。

新时代的纳乌鲁孜节对我而言已重新苏醒，

但已有十年我未曾见过纳乌鲁孜节，

漂泊的生活何时才能拨开云雾见月明，

在漂泊的城市我看不到日子的尽头。

十年间我是谁？——

我不知道何所依附，

我应该像天空中的飞鸟展开翅膀

在古老而令人心醉的纳乌鲁孜节，

传说般的纳乌鲁孜节，雅利安人的纳乌鲁孜节。

希诺的剑

突厥人与阿拉伯人到处在挑起关于希诺的争论，

想要找到去往他名气峰顶的阶梯，

但是希诺已经将他的阶梯与峰顶连接在一起，

突厥人与阿拉伯人的争论徒劳而无益。

最初塔吉克的药就是草本植物的根

但自古以来塔吉克人民就与希诺息息相关，

你可以从老一辈人那儿听到：

"这不是我的手，这不是我的手，这是卢克蒙·哈克姆的手！"[1]

过去这个民族把希诺带到了世界，

手中除了无法治愈的疼痛，他一无所有，

至今苏赫罗布[2] 对治愈良药的等待

仍在他父亲的指尖，散发着血腥的味道。

即使罗马很快就忘记了亚历山大大帝，

他仍然在呼罗珊[3] 留下了刀剑的伤害。

即使屈底波[4] 已经从呼罗珊返回离去，

他仍然在呼罗珊留下了刀剑厮杀的痕迹。

1　这是一句塔吉克民间俗语，意思指是希诺在治愈病人。卢克蒙·哈克姆即
　　希诺。

2　苏赫罗布：《列王纪》中的英雄，鲁斯塔姆的儿子，死于鲁斯塔姆之手。

3　呼罗珊：是一个中古地理名词，西南亚古地区名，意为"太阳升起的地方"。
　　呼罗珊地区历史上领土范围变化很大，大概包括今伊朗东北部、阿富汗和
　　土库曼斯坦大部、塔吉克斯坦巴达赫尚地区、乌兹别克斯坦和吉尔吉斯斯
　　坦小部分地区。

4　屈底波：阿拉伯帝国倭马亚王朝著名军事将领，领兵攻占中亚地区。

萨曼达尔鸟的故事 [1]，对我而言并非传说，
这是我那陷入困惑的人民的故事，
他们燃烧，在一堆灰烬里
像崇拜火的鸟儿一样在飞翔。

在牧民马赫穆德 [2] 成为国王的那一刻，
希诺的手触摸着努赫·索莫尼 [3] 的脉搏，
希诺的手下并没有努赫·索莫尼的身躯，
但他还是诊断着紊乱的世纪脉象。

突厥人与阿拉伯人的时代就是希诺的时代，
突厥阿拉伯的繁荣时代就是希诺的时代；
在士兵们的刀剑下希诺被赶离家园，
最终在监狱里度过了余生……

在成吉思汗摧毁布哈拉城墙的那一刻，
在征伐中，他们手握着沾满鲜血的刀剑，
而塔吉克人民得到了希诺的治愈之剑，
希诺的治愈之剑征服了全世界。

---

1 萨曼达尔鸟：一种传说中的鸟，类似于凤凰。
2 马赫穆德（九七一年至一〇三〇年）：加兹尼王朝极盛时期的国王。
3 努赫·索莫尼：萨曼王朝的国王，九四三年至九五四年在位。

布哈拉的城墙

曾经有一个时期布哈拉有着高大的城墙，
有人说，那是布哈拉的脊柱，
或许也是民族的脊柱——
紧紧地关闭着，
它的后墙有十步宽。
有十一道门
雕筑的城墙，
拱形的城墙，
金色的城墙。

他们说自己的国王是伊斯玛仪·索莫尼[1]，
一位出色的国王，他的称号就是"布哈拉的墙"，
或许也是民族的墙，
呼罗珊的墙：

在城堡的入口处悬挂的门铃曾经响起，
谁摇响了门铃，
就是那出色的国王得到公认的时刻……

在冬天下着雪的晚上
在列格斯通广场笔直地矗立着，
直到人们找到他，
在寒冷的夜晚带给人们温暖：
带给流浪漂泊者，
带给孤儿遗孀，
挽救疲倦的旅者。

1　伊斯玛仪·索莫尼：萨曼王朝的真正创建者，八九三年至九〇七年在位。

在伊斯玛仪·索莫尼国王之后，

在四十年里

每一封投诉信

都会放在他墓碑的下面

从那里，

第二天在墓碑下面

人们都可以找到他想要的答案……

伊斯玛仪·索莫尼之后布哈拉的城墙裂了，

后墙也坍塌在地，

犹如奴隶的后背，

布哈拉的裂缝垂落，

从四面八方像洪水在流淌

将逃离者吞没的洪水。

在布哈拉那十一道城门之后

只留下一道城门，

一道城门无论从何处看都犹如拳头一般……

瞧，我们应该参观过这城门，

我们应该亲吻过它的墙基，

它历经一千一百多年仍旧矗立在布哈拉。

从所有的门中无数次地

偏爱这没有城墙孤零零的城门，

直到我们说：

布哈拉城不再是一座没有门的城市，

虽然它的十一道城门中十道已经消失，

布哈拉城不再是一座没有门的城市。

二○○二年一月十四日

于西雅图

如果针留在我的心中

故乡的土地上父亲的坟墓留在我的心中，
母亲像岩石边的麻扎¹一样留在我的心中。

哪怕悲痛之火将我的面容烧毁，
我妹妹的音容也会留在我的心中。

房门紧锁我的兄弟站在门后，
那站在门后的兄弟留在我的心中。

我离开故乡许多的亲戚都已离世，
他们离世的痛苦留在了我的心中。

我墙上的针上有着我生命的线，
这已足够，当这枚针留在我的心中。

来自同胞朋友兄弟姐妹们的
湿润双眼和清晨悲叹留在我的心中。

一九九六年四月十三日

杰克逊维尔

---

1 麻扎：指伊斯兰教圣裔或知名贤者的坟墓，此处比喻母亲衰老将不久于人世。

萨义德江·哈克姆佐达
（一九三九年至二〇〇四年）

萨义德江·哈克姆佐达出生于哈特隆州沃赛地区。从库洛布国立师范学院历史与语言学系毕业后，他曾担任过《库洛布真理报》的记者、部门主任和副主编，以及哈特隆州广播电视台主编、哈特隆州作家协会专职秘书等。自一九九〇年起一直是塔吉克斯坦作家协会成员。

我就是这样，我不会改变……

我的根深扎在祖国的土地上，
繁花盛开的生命之树是我的言语，
家乡的每一处都是我的归宿，
我就是这样，我不会改变，
我将留在祖国同胞的身边。

每个人都在攀附权贵，
屈膝跪拜在权贵的脚下，
他们只为谋求高官厚禄，
我就是这样，我不会改变，
我宁愿像蚂蚁般辛苦地劳作。

外在的身份不会使我改变，
在我眼里富贵贫贱并无不同，
嫉妒的目光不会使我改变，
我就是这样，我不会改变，
我将时刻与黎民大众在一起。

我不会向歪门邪道多看一眼，
我不会心怀恶意对待他人，
我不会向往太多的财富，
我就是这样，我不会改变，
我将按照父辈的方式生活。

行善之路从最初就是我的选择，
良心就是我的心上人与本性，

行善之人，都会得到我的尊重，
我就是这样，我不会改变，
我将为世界的愁苦继续付出。

我不会处处炫耀自己，
也不会让他人对我谄媚赞美，
我不会为贪婪之徒开方便之门，
我就是这样，我不会改变，
我将像山中红宝石深藏不露。

我虽富于才华却不会自满外溢，
不会以此让他人受到伤害，
不会以亚历山大之剑 [1] 刺向他人，
我就是这样，我不会改变，
我将留在世间老少们的心中。

乱箭纷飞在我的身边，
刀刃擦着我的脖颈划过，
生命已经经历了命运的眷顾，
我就是这样，我不会改变，
我将坦然面对痛苦与忧愁。

我依靠我的笔维持生计，
感谢上天赐予这所有的一切，
只有战争让我忧惧悲伤，
我就是这样，我不会改变，
我仍然将是弓箭的敌人。

---

1 亚历山大之剑：塔吉克语中常用来比喻冷酷无情。

136

荣华富贵有何值得羡慕，
财富不会永远属于某个人，
用心聆听智者的演说吧，
我就是这样，我不会改变，
我将停留在那奔流的河水边[1]。

---

1 此处奔流的河水喻指时间。

诗 人

每一个时代的诗人

总是热爱并以民族为荣。

他们以善良为愿向之看齐为之坚守，

他们懂得识别民族的敌人与朋友。

诗人们需要被保护

当他们面对生活的欺瞒诈骗。

鲁达基起初并非盲人，

但是仇敌致使他双目失明。

纳斯尔·胡斯拉乌[1]怎会成了疯子？

是那时代的迫害使他疯癫。

诗人们需要被保护

当他们面对生活的欺瞒诈骗。

如果《列王纪》未曾问世，

我们的母语可能已消失中断。

萨迪[2]的劝谏告诫着我们

那净言来自永恒的人性。

诗人们需要被保护

当他们面对生活的欺瞒诈骗。

希罗里[3]悲苦的命运何时才是尽头，

---

1 纳斯尔·胡斯拉乌：塔吉克斯坦古代诗人。

2 萨迪（一二〇八年至一二九一年）：是中世纪波斯（今伊朗）诗人，被誉为"波斯古典文坛最伟大的人物"。

3 希罗里：古代波斯塔吉克语诗人。

难道要世人尽皆感同身受才好？

在那人心饱受冷暖煎熬的时代

罗比娅[1]也只能够凄惨离世。

诗人们需要被保护

当他们面对生活的欺瞒诈骗。

用笔从千言万语的内心

图厄拉里[2]将话语珍珠般串起。

虽然诗人所处之位令人敬仰

但是生活却总在伤害他。

诗人们需要被保护

当他们面对生活的欺瞒诈骗。

艾尼在风起云涌的年代

为我们书写下民族的状况。

世界上塔吉克人爱的种子

被图尔逊佐达满怀深情的诗歌播种。

诗人们需要被保护

当他们面对生活的欺瞒诈骗。

在生活中多么迟晚才发现

诗人索比尔至高的宝贵价值，

谁能像他那样讲出我们的痛苦，

这充满神秘的世界的痛苦？

诗人们需要被保护

当他们面对生活的欺瞒诈骗。

1　罗比娅：塔吉克斯坦伟大诗人鲁达基心爱的一位姑娘。

2　图厄拉里：全名纳克卜洪·图厄拉里，十九世纪伟大的塔吉克诗人。

初临世界人性本善，

但是生活有时充满了残酷。

让仁慈与善良永驻人间，

生活才会变得更加美好，

诗人们需要被保护

当他们面对生活的欺瞒诈骗。

《列王纪》

不知道今后还会不会有这样的书籍，
呈现在我们面前的每一页都犹如一面镜子。
不知道，今后还会不会出现这种英雄，
带着对塔合米娜[1]的爱情而和魔鬼战斗。

菲尔多西手中的笔像英雄一样战斗，
凡是和鲁斯塔姆交战之人，双脚都已被戴镣。
从这土地上奋起参战者，都带着鲁斯塔姆般的信念，
那些凯旋者，都如鲁斯塔姆般昂首挺胸。

如果有人诵读过《列王纪》中的诗行，
他同样会懂得鲁达基的语言希诺的诗词。
我想象每一行每一个字母都蕴藏珍宝，
让每一页都在读者面前更加光彩耀眼。

如火的内心带给世界燃烧的文字，
只有图斯的菲尔多西和他的激情能够如此。
如果他的每一段诗行都源自人民，
那么显然，人们会将其流传铭记。

你从古至今留存于人们的心手之间，
历久弥新犹如农人耕作留下的犁痕。
多少人都从自己的高位上跌落，
只有菲尔多西犹如国王端坐与你同在。

---

1 塔合米娜：《列王纪》中的英雄鲁斯塔姆的妻子。

命　运

命运既非王冠也非高高在上的宝座，
更不是大地上所有的物财与黄金，
命运应该是让我们的生活简单，
通过辛苦的付出就能够掌握命运。

命运应该是我们昌顺的家庭，
心地善良的爱人活泼上进的孩子，
命运也应该是半块儿馕
让我们与亲朋好友向善生活。

命运和快乐应该与生命同行，
每个人的身心都安康无恙，
但最美好的命运应该是，
哦，朋友啊，生活在祖国的土地上。

塔吉克青年一代

塔吉克青年一代是会甜美表达的一代，
塔吉克青年一代是睁眼看世界的一代。

用黄金去购买谦虚，
塔吉克青年一代会和所有人成为朋友。

用心灵对待自己的故乡，
塔吉克青年一代懂得如何去爱。

为了保卫祖国的命运，
塔吉克青年一代情愿做坚实的墙。

在太阳底下沐浴着阳光，
塔吉克青年一代将会辛勤播种耕耘。

沿着父辈们走过的向善之路，
塔吉克青年一代将会捍卫塔吉克的名誉。

在亲爱的塔吉克斯坦的头顶，
塔吉克青年一代将会为她戴上王冠。

厄伊布·萨法尔佐达
（一九四〇年至一九七二年）

厄伊布·萨法尔佐达出生于哈特隆州沃赛地区。一九六二年，他毕业于杜尚别师范学院塔吉克语言与文学系，此后一直在《苏维埃塔吉克斯坦报》工作。一九七二年，他死于车祸。

诗歌由感而发

花儿静静地绽放色彩迷人清香阵阵，
山上的郁金香送来令人沉醉的风，
心儿在沸腾，
诗歌由感而发。

夜空中皎洁的圆月犹如恋爱的少女，
在河水中倒映着自己美丽的容颜，
心儿在诉说，
诗歌由感而发。

河岸上处处花草含笑，
河水滚滚奔流恰如生活，
心儿在激荡，
诗歌由感而发。

我哀怨的恋人再次展开笑颜，
我命运之星在她眼中闪耀着光芒，
心儿在跃动，
诗歌由感而发。

当我看到，晴朗的天空与明媚的阳光，
看到鸟儿在天空自由自在地飞翔，
心儿在欢悦，
诗歌由感而发。

当我看到，人世间安详的父母，

看到心上人明亮的眼里闪动着泪花，

心跳在加速，

诗歌由感而发。

塔吉克斯坦并不渺小！

祖国，是她诞生了鲁达基，
是她赠予了我们浩瀚的诗歌；

祖国，将高贵的品质，
给予胡占德热恋的夜莺[1]；

让胡斯拉乌大声宣扬，
库洛布的绍黑[2]展翅飞翔；

直到尖刀插入敌人的心脏，
让狮心帖木儿马利克[3]诞生；

战场上沃赛[4]的愤怒
成为反抗每个暴君的剑刃；

祖国，瓦赫什河已成为神话，
她灿烂的光芒照亮了千家万户；

祖国，跻身于世界之林，
因丝绸般的棉花而声名远扬；

1　在这里是喻指胡占德诗人卡莫里·胡占德。
2　绍黑：塔吉克诗人和教育家，约一八六五年至一八六六年出生于布哈拉并一直生活在那里。
3　帖木儿马利克：塔吉克历史上的英雄人物，曾在胡占德组织抵抗蒙古军入侵。
4　沃赛：生活在十九世纪中期，是反对布哈拉汗国暴政的民间起义领袖。

147

祖国，群山峰峦是她的王冠，
春天的郁金香是她的波浪，

她的人民面对人世间的善恶
从世界屋脊之上审视着一切！

祖国，曾经跌倒过，如今站起来，
那是我的塔吉克斯坦，并不渺小的祖国！

青　春

河水滔滔奔腾不息，
恰如人生永不停歇，
我们的生活因你而多姿多彩，
你就是人类生命的琴弦，
青春，青春啊，青春！

因为有你，大地变成了新的模样，
因为有你，生活拥有了新的旋律，
因为有你，我们的国家屹立于世界，
开始新的征途，新的精神，新的飞翔，
青春，青春啊，青春！

从你的荣誉里看到伟大的身影，
从你的力量里看到高尚的品质。
天穹之上留下了我们的足迹，
哦，你的勇敢、宽容与坚强，
青春，青春啊，青春！

去寻找吧……

假如你想找到我，请沿着这条路径直去寻找吧，
我寄居在火热的生活之中，去寻找吧。
当你在一座目标之峰找不到我留下的足迹，
看哪，发现那背后的另一座山峰，去寻找吧。
假如你想知道，我在哪条路上行走，
是河边小道啊，在田野的那一边，去寻找吧。
假如你想要通过比试来验证我的存在，
看哪，就是那广场上唯一的昂首者，去寻找吧。
假如你想知道我是谁，从哪里来，
从保卫世界的无畏人群之中，去寻找吧！

我和祖国一起生机盎然

从我的朋友们中间寻找我，
我就像泡沫一样短暂。
在心的和声里寻找真正的我，
我就像柔巴卜[1]上的一根琴弦。
从连绵群山中叫我的名字，
山就是家园而我是飞鹰。
我和我的祖国一起生机盎然，
我是饥渴的树木，祖国就是甘霖。
如果有一天远离了祖国的地平线，
我的太阳将无法再次升起。

---

1 柔巴卜：一种弹唱的乐器。

洛伊克·舍拉里
（一九四一年至二〇〇〇年）

洛伊克·舍拉里出生于彭吉肯特地区马佐尔沙里夫村。一九五八年毕业于彭吉肯特师范学院，一九六三年毕业于杜尚别师范学院，曾担任过一段时间记者，还担任过塔吉克斯坦作家协会的顾问、《东方之声》杂志的编辑。一九八九年至一九九一年期间，担任苏联议会议员，塔吉克语（波斯语）语言委员会主席。

洛伊克·舍拉里一九七八年获得鲁达基国家文学奖，一九九一年获得塔吉克斯坦人民诗人称号。

艾 尼

从墓志铭上，从墓地冰冷的大理石上，
去世的人比活着的活得更久，
石碑上的诗行，用手指写在牢狱的墙上，
从没有河的岸上，从没有水的河中
你在寻找我们，导师，
你找到了我们，导师！

从历史黑暗而又被遗忘的深渊，
从大地，那成为邪恶之徒争战的场所，
像散落的诗词，自鲁达基留传而来的遗产，
你从一本本诗集中将我们收集，
你让我们复活，
你让我们认识自己。

从叛乱与暴动中，从全体抑或个别，
从他们的哭喊声中，从菲尔多西与马赫穆德那里，
热血为志同道合者付出代价而流淌，
从他们欢悦的悲伤和忧郁的欢乐中
你在寻找人民的命运，
在寻找人民的初心。

犹如废墟的门廊，没有屋顶亦没有墙垣，
犹如古堡的城墙，没有支柱亦没有屋梁，
你修复了人民残缺不堪的历史，
让人民认识了历史的根基、文化与遗产，
我们都是人类，

生活在这寰宇！

犹如迷失之人，寻找离散者的印迹，

犹如孤单之人，寻找这世间的朋友，

你从历史的各个角落寻找民众的标识，

只为那古老的宝藏是今天的需要，

没有昨天就没有现在，

没有今天就没有未来……

革命是有益的，革命是导师（你自己说过）

你让那些逝去的人——复活啊，

并且为每一个应有之人戴上王冠，

你给他们指引为时代服务之路，

你给了他们新的生命。

引领他们走上讲坛。

从地位和责任中，

从国家之路的尘土中，

从练习的纸张和艰涩的文字中，

从无悔面对绞刑架的头颅中，

从所有被思想的力量粉碎了的绞刑架中，

你寻找着塔吉克人的名誉，

寻找着塔吉克人的愿望。

你仿佛具有坚不可摧的聪慧与智识，

你透视着凡俗的世界，

你知悉历史所有的曲折艰难，

这一切恰恰证明了人民的勇气，

你化身成为另一尊雕像，

给了人们另一把火炬。

当你从监狱获释之时，
在我看来，诗歌的光芒与智慧已经从狱中释放。
你像四十岁的学生离开了导师，回到世界
我们的语言呼应了时代的召唤。
全世界都听到了她的声音，
大千世界都听到了她的声音。

在人们的意识里你本身就是一场变革，
在他们的骨子里你本身就是一种激荡，
和那些歪曲我们高贵历史的人斗争，
你就像握紧的拳头，你就像弓上的箭。
你来自我们又塑造了我们，
你让我们认识了自己。

你从沉寂的灰烬中燃起了火焰，
你从寒冷的岩石上擦溅出火星，
你在祖先的坟前点燃了光明的火炬，
并像火炬一样交到了时代的手中！

……这就是轮回的世界，
这就是精神自由的世界。
伟人们总是薪火相传，
伟大之人总是令其他伟人永世长驻……

索莫尼时代[1]

游牧者之间的定居地，
不毛之地上的果园，
滚滚烟尘里的火焰，
蒙昧无知者中的开拓者——
索莫尼时代！

黄金宝库握于挥霍者之手，
诗人活在自高自大者之间，
世界上的一颗星突然陨落
在黑暗被压迫的环境之中——
索莫尼时代！

或者说，
历史曾经给过塔吉克人一面镜子，
让他们在镜中看到自己的模样，
让他们在镜中找到自己的世界，
然而乐极生悲镜子从他们手中摔落，
他们既没有看到自己也没有看到别人……

或者说，
历史曾经给过塔吉克人一河清流，
使其泽润他们的家园，
给予他们无边的沃野，
然而乐极生悲那流水去向了别处，

---

1 索莫尼时代：指萨曼王朝，八七四年至九九九年。

他们看到，敌人已将其据为己有……

或者说塔吉克人曾在历史的广阔平原上
发现了桀骜难驯的烈马，
他们想找到一个有尊严的居住地。
那叛逆而难以顺从的马……
他们不知道怎么驾驭……
猛然间从马背上摔落下来……
马背上骑士不再，马鞍已脱落，
历史旷野中的一匹马
　　　那样慌乱地奔跑，
悲声呼吼，腾跃嘶鸣，
它落入敌人之手生命已不由自主……

索莫尼时代！
新的起点新的家园，
新的国家新的主人，
塔吉克历史上的夭折之子，
永远缅怀你的生日，
英年早逝，
　　　英年早逝！……

青春的童话

现在，我还年轻，世界充满了青春的活力，
无论我走到哪里，那里都充满青春的活力。
假如今天我的青春和明天的梦想在一起，
那么今天的我会为了明天而充满青春的活力。

现在，我还年轻，拥有生命的纳乌鲁孜节，
我生活的每一刻都只为实现生命的预期。
现在，我身处热恋，在我的心中，你说，
拥有完美的爱情就拥有了完美的生命。

在我的脉搏中，你说，是激昂的热血，
脑海里有无数想法——何以如此地思考。
我的每一次呼吸都如焚，每一步都如履薄冰，
每一刻都是考验，每一刻都是竞赛。

我漫无边际，但世界在我身边，
在这人世的路途我的眼里充满希望。
我想要的一切，都在我的脑海里，
现在除了青春我一无所有。

我像春天的河流，满载雨雪之水，
满载泉水，满载奔腾之水。
幸好啊我能知晓秋日到来会剩下什么，
从这如痴如醉翻滚喧嚣的洪水……

我是坚强的跋涉者行走在未曾开拓的路途，

我是富有的农民拿着未曾播种的谷物，
我写下的每一首诗，都是未完成不成熟的，
我是伟大的诗人写下不成文的诗篇……

祖国的土地

塔吉克斯坦——我的祖国，
一个面积不大的国家，
你到处都是山峦，
你到处都是石头，
因为在漫长历史中的你的孩子们
无论走到哪里，都随身带着一抔泥土。
因为寻找着自己幸福的你的孩子们
在炎热的沙漠中远离于你客死他乡。

无论走到哪里都是远游的异乡人
与离别相伴的是他们的哭泣与悲伤。
多么心伤啊，他们被埋葬在陌生的地方，
他们的心愿在这里化为山石。

无论他们走到哪里，
或者麦加或者麦地那，
或者在流浪或者去经商，
或者在逃避所有的欺骗与仇恨，
手里攥着泥土放进口袋只为了留作纪念。
如果有一天他们离开人世，
在无亲无故的异乡，
那泥土是最后的寄思……
塔吉克斯坦！——
一个面积不大的国家，
你的泥土就这样被带向四方，
与世上所有的泥土混融在一起。

你的泥土

与德瓦什蒂契[1]未冷却的头颅一起被带到巴格达，

他的头颅与身躯分离，

与你分离

公正与不公分离。

你的泥土

和罗克珊娜[2]一起被带到了希腊，

伴随着成千上万的哭喊声。

和卡莫里[3]的尸体一起留在了大不里士，

与土地混融，直到永恒。

印度的土地因为贝迪里[4]而获得了生命，

他的身躯将永远留存在那里。

你的泥土被希诺带去了哈马顿[5]，

在那儿留下了一抔纯净的泥土。

太多塔吉克人心怀虔诚地寻找

阿拉伯沙漠中的安拉住所，

他们携带着你的泥土与死亡，

直到身体毁灭——把它交付给那沙漠。

你的土地因此而变小，我的祖国，

同样因为泪水而变得湿润，我的祖国。

1　德瓦什蒂契：古代粟特地区彭吉肯特城最后的统治者，城市为阿拉伯人所灭。

2　罗克珊娜：马其顿亚历山大大帝征服粟特岩山时在当地娶的妻子。

3　卡莫里：全名卡莫里·胡占德，出生于一三二一年，去麦加朝圣后到大不里士城，再也没有回故乡。

4　贝迪里（一六四四年至一七二〇年）：是一位生活在印度的波斯语诗人、散文作家和思想家。

5　希诺出生于布哈拉附近的哈马顿。

你的土地一直在被损毁，

其他的土地却越发变得肥沃……

这到底意味着什么？原谅我。

难道你的土地减少了吗？

你的土地是减少了

无论是长度还是宽度，

虽然你的名字

成为世界闻名的山地之国。

但这没有什么！

你的石头和山脉还有很多，

请建造雕像纪念所有那些

饱受悲痛，

将你的泥土带向四方的人们。

为了那些把你的名字塔吉克斯坦

带向世界的人们，

雕刻多少纪念碑，都是值得的

为了那些把你的泥土视为黄金的人们，

使绵连的山脉为了爱与友谊的表达

在这个时代成为自由的讲台……

塔吉克斯坦的山峰

在塔吉克斯坦连绵的山峰中，
在石头土地混融的连绵山峰中，
另一座高峰出现在世界——
一座耸立的精神与诗歌高峰。
这成千上万山峰中的一座——
是高耸而又纯洁的诗歌之峰，
是米尔佐·图尔逊佐达之峰。

从此之后，朋友们啊，
所有为诗歌与故事的王位而争执的人啊，
留在象征的高处的已经太少，
他们已很少为朋友朗读自己的诗歌……
如果你们是他的先辈，
如果你们是他的同族，
如果你们从他的诗歌中看到了世界，
就如同你们的脉搏感受到了时间的脉搏，
如果你们看到，一个人就是一个世界，
他会以自己的世界撞击世界，因而真正成人；

如果你们在他的葬礼上流下热泪，
为了怀念他而朗诵一段他的故事；
除此之外，
如果你们来自山村；
除此之外，
如果你们来自著名之地；
除此之外，

如果你们在血脉中有着民族的荣誉，

留在象征峰巅的高处的已经太少，

而他作为象征

就在高处呈现着他的风貌！

哈克纳扎尔·厄伊布
（一九四三年至今）

　　哈克纳扎尔·厄伊布出生在库洛布市，一九六六年从库洛布师范学院毕业后，他曾担任过新闻记者、广播电台职工、地区和城市报纸的总编辑，现在是塔吉克斯坦作家协会库洛布市分会的执行秘书。

　　哈克纳扎尔·厄伊布一九九八年获得塔吉克斯坦人民诗人称号，二〇〇〇年获得鲁达基国家文学奖。

怀　念

这个清晨阴云密布，
云朵低沉笼罩着山路，
哦，父亲，想念你明澈的眼眸，
雨落下来，我的双眼已湿润。

想念山背后的村庄，
那一片葱绿带给你梦想。
我想象着那里的春天，
鲜花迎季盛开花香扑鼻而来。

乡村河水波纹流动，
映照着您遍布皱纹的面容。
我告诉高山、田野和平原，
你的宽容、忍耐和淡定。

野外的小鸟们躲避在冰冷的巢里，
就好像记忆中没有你的家。
但是，我的孩子们的喧闹声，
把你一生的诗歌为我诵读。

枣红马喂食的嘶鸣声，
从远处再次传来。
我怀疑——那是相见的渴望，
你再次从通往达尔沃兹的路上回来。

戴上羊羔皮的帽子，

穿上羊毛的外套，

只为再次上路，

去看望远方的老朋友……

这个清晨阴云密布，

泪水在平原和山坡上流淌。

就好像你从旅途中回来，

哦，父亲，你活在我的记忆中……

我甜美梦想的家乡，

有你的一千零一个遗物。

我要说一说你的故事，

说一说这片土地上的云雨和水土。

星　星

夜晚，天空中星光璀璨，
就像一条奔流的星河，
想象中我是一名星空的游客，
在遥远的银河系里遨游。

我的目光注视着星空，
想起了母亲说过的话。
我在灿烂的星空里寻找，
属于我的那颗星星的光芒。

我记得，母亲讲的故事，
有的是自己讲的，有的来自祖先。
那是因为人们有自己的历史，
在这个小小的星球上：

"伟大人民的生命展示着，
他们中的每一颗，都更加闪亮耀眼，
但是——她说——那些暗淡的星星
它们总是暗淡地运行，暗淡地发光……"

如果在夜空的一角
突然出现了一颗彗星，
像蜜蜂在被毁坏的蜂巢前回旋，
那时的母亲总是忧虑又悲伤。

据她说，那有着尾巴的星星

预示着世界会有霉运。
或者说，那冰冷闪光的眼神，
就像嗜血动物的眼睛……

从后面狠狠地抓住它，
伴随着动作母亲挺直了身体：
"上天啊，让它邪恶的脸消失，
让世界的门向它关闭！"

这些故事让我灵魂震撼，
有时直到凌晨都无法入睡。
我想象那星星放射着光芒，
给我带来童话的羊群。

后来我了解了这些星星，
我以星星给村民们命名。
我嘲笑那些印象糟糕的星星，
并且喜欢上那些风光的星星。

但是随着岁月的流逝，
我改变了看待星星的目光。
明亮的星星在闪烁，
世界的伟人出现在眼前。

就像我看到一颗明亮的眼睛，
在无知的人那里一文不值，
我嘲弄他们的才智与视野——
因为他们说鲁达基的眼睛没有光芒……

这就是我给星星命名的方式，

以哈菲兹命名以马乌洛[1]命名，

我叫一个人"纳吉米·萨迪"，

我叫另一个人"纳吉米·希诺"……

……他们带我来到诗歌的天堂

明亮的星星好比灯光，

谁值得成为那样的人？

我在这样的思考中找到了自己。

生活的努力启发了我

哦，母亲充满智慧的新教诲：

如果你不是大地上那颗明亮的星，

那么也不会是天空中那颗璀璨的星。

---

1 马乌洛：即伟大的波斯诗人鲁米。

和所有人一起

我是这样的风格，和所有人一起找到花卉的拥抱，
我是一颗微粒，和所有人一起找到明亮的太阳。

我是一滴水，与所有的水滴一起奔向大海，
在自己的躯体中战胜暴躁与叛逆。

假如我的苍绿排解了落叶孤独的叹息，
我会与所有人一起从时间的云朵中发现生命之水。

假如命运是独自一人待在安静的角落，
我会与所有人一起发现平原、山脉和道路。

假如独自一人背负不起沉重的稻草，
我会与所有人一起找到改变世界的力量。

假如我为自己找到了一间街巷小屋，
我会与所有人一起找到伟大的勤劳与美善。

桑树下葡萄藤下

桑树下葡萄藤下
你像郁金香花打开着领口，
眼睛充满希望，
面容洁白如棉花，
秀发从发际线梳分开来，
像黄柳树的枝杈散开，
柔长及腰。

桑树下葡萄藤下
你微笑的嘴唇，
我哭泣的心，
你闪光的秘密爱情，
我迷茫的爱，
你尚未破碎的梦想，
我消散的愿望……
所有这一切都混融在一起，
如同泉水，汇流成河。

我想摆脱这世界拥有片刻的自由
没有束缚没有心碎的自由，
我醉了，沉醉于对你无可救药的迷恋，
我梦想握着你的手，
就像鱼儿落入了网中……

桑树下葡萄藤下，
你我同样年轻，

两个身体，灵魂相对，
我就是那渴望你的人，
你就是那流水……

哦，郁金香

就像心上人令人沉醉的眼睛，哦，郁金香，
令人惊奇又陶醉地微笑！

清晨迎来一缕柔和的阳光，
在花丛之间，
在美丽的花朵之间，
你在绿色田野的盛宴中笑靥绽放！

你为什么微笑，哦，郁金香？
难道是为了生命的短暂
抑或是感恩这快乐的时光，
今天在世界上你所获得的命运？……

微笑吧，哦，郁金香，哦，郁金香！
不要在你自己的火焰中燃烧！
你的生命就是对我的劝导，哦，郁金香！
你将含笑离开这个世界！

萨伊达利·马穆尔
（一九四四年至今）

  萨伊达利·马穆尔出生在伊斯塔拉夫尚区的雅克卡博格村。他一九六六年毕业于塔吉克斯坦国立大学语言学系，自一九六三年开始发表作品，创作了三十多本成人和儿童诗歌集。

  萨伊达利·马穆尔一九七八年获得共和国共青团奖章，一九九六年获得鲁达基国家文学奖，二〇〇三年获得塔吉克斯坦人民诗人称号。

同龄人

嘿，我的同龄人，

长眠于地下，

年轻时去保卫祖国母亲，

你们一辈子都年轻，

你们永生不朽，

永葆青春……

你们离开了……

母亲们坐在摇篮边，

以优美的嗓音唱着摇篮曲。

不让狂风吹向婴儿，

将房间内的窗都关上。

如今风儿叩击着房门，母亲

她立即起身来到门口，

满怀希望欢迎心爱的孩子归来。

爱人站在路口望眼欲穿等待着，

内心焦虑无比，

她想象着邮递员到来那一刻，

响起了甜蜜的敲门声……

虽然已经过去了很多年，

如果她再次看到，

一个剃着寸头的年轻士兵，

母亲的担心仍会不由得产生……

嘿，我的同龄人，

长眠于地下，

年轻时去保卫祖国母亲，

你们一辈子都年轻。

你们是那善于雄辩的诗人，

发自肺腑诉说的话语，

就像一首诗歌永存。

有尊严的士兵

我的父亲不是战场上的士兵，
但是他一直走在有尊严的路上。
他没有离开村子走远一步，
他只走百步却令敌人之路狭窄。

虽然他未曾上过学堂，
但他却是富有经验的农民，
他一生中没有读过任何一页书，
但他却是一个好人。

在田地里从清晨忙到傍晚，
一壶水陪伴着他，
他感到饥饿但精神饱满，
忍受着饥饿只是想了想馕。

他担心战场上的士兵，
却一点儿也不担心自己。
他两手空空回到家中，
没有给自己拿回一点儿麦草叶。

从田地回来面黄肌瘦的父亲，
把小麦的气味带回家中，
他的身体虚弱但内心充实，
痛苦深藏于长长的叹息。

人民的馕用大麦和玉米做成，

小麦的馕——是士兵们的专用。
士兵的生命——为国捐躯，
人民的生命——为士兵们奉献。

我的父亲不是战场上的士兵，
但有着战场上甘于牺牲的尊严。
那些种子，他播种在土地里，
带来胜利希望的预告。

致鲁达基

多少个世纪乌列奇河一直流经这村庄，
多少个世纪那动人的旋律一直穿越这村庄。
这条河的旋律是竖琴的旋律，导师，
流淌的河水阅读着你幸福的诗歌。

我坐在河岸边聆听，
我在河岸边听到你的抒情诗歌，
你迷人的诗歌吸引着我的心，
你纯熟的诗歌使万物成熟。

有时，有人说你的诗写得不好，
没有知识的大脑让我有些惊讶，
人们有时对你的诗太挑剔，
我总是回应那些太过挑剔之人。

他们争辩说，你是先天的盲人，
但这种貌似有理的争辩多么徒劳。
邪恶之徒使你晚年失明，
你虽然双目失明但内心却明亮如镜。

你比那时代贪恋翡翠之人看得更清，
他们并不会环顾这路途，
他们走了太多的弯路，
这就是他们烦恼又艰难的全部原因。

一直以来你都诚实而正直，

因而没有途经弯路就走向了村庄。
庞吉河给了你一个新的处所，
你的诗歌让乌列奇河水丰溢不竭。

多少个世纪乌列奇河一直流经这村庄，
多少个世纪那动人的旋律一直穿越这村庄。
这条河的旋律是竖琴的旋律，导师，
流淌的河水阅读着你幸福的诗歌。

妈妈的照片

——纪念我的兄弟马赫穆德

那时候妈妈离开了我们，
那时候我们有快乐的童年。
我们并不知道，她已经离开，
对我们来说她还活着……

每当我和你寻找妈妈时，
他们就会给我们看她的照片，
那时我们会变得安静，
不停地看着她美丽的脸庞。

随着时间的流逝，
没有妈妈的烦恼困扰着我们。
你曾经问过父亲一个问题：
"爸爸，告诉我，妈妈在哪里？"

父亲说："别再找她了，
她去了很远的地方，
如果愿意，我给你们找一个新妈妈，
她会好好照顾你们。"

你和我都很高兴，
我们院子里举行了一场婚礼，
但是新妈妈结婚的那天，
对我们来说是黑暗的一天。

看到墙上妈妈的照片时，
继母毫不妥协地说：
"谁的照片在这堵破烂的墙上？"
我叹着气说："是我们的妈妈……"

她撕下了我们记忆中的照片，
她生气地说："你们的妈妈就是我！
从现在开始，我就是你们的妈妈，
那个女人已经去世很久了……"

从此妈妈的照片消失了，
我们的哭泣发自内心，
如果说我们不曾为她离世而哭过，
当照片被撕毁时我们哭到了天明。

伊拉克花帽[1]

我的母亲哪儿都没去过，
像蜡烛只在她心爱的村庄燃烧。
虽然她从未见过伊拉克，
但却缝制绣满花朵的伊拉克花帽。

在她的伊拉克花帽上的花朵
没有伊拉克花朵的颜色气味，
她的花帽上伊拉克的夜莺
未曾被伊拉克的花香陶醉。

她的伊拉克花帽上的花朵
充满了希望的味道和色彩，
她的伊拉克花帽上的夜莺
是她善良内心的告白。

虽然她的生命之花已经枯萎，
但我就像她留下的愿望之花，
她伊拉克花帽上的夜莺已经飞走，
我就是她留下的愿望中的夜莺。

母亲的花帽戴在我的头上，
我的内心——回应着她的愿望。
向她破碎的心告白
我就是——她那深情诵读的夜莺。

---

1 伊拉克花帽：一种以绣制十字花纹为主的富有特色的帽子。

哈比布洛·法伊祖洛
（一九四五年至一九八〇年）

　　哈比布洛·法伊祖洛出生于塔吉克斯坦南部霍瓦林戈地区。他先后毕业于杜尚别师范学院塔吉克语言文学系（一九六六年）和莫斯科文学院（一九七三年）。他是一名记者，是塔吉克苏维埃百科全书和作家协会的成员。一九八〇年六月八日，哈比布洛·法伊祖洛死于车祸。

大山的孩子

我是那条欢快的小河，
在这山岭之中欢淌奔流。
仿佛孩子生涩地寻找自己的道路，
向山间绿植讲述着童话故事，
跃过那些山岩小路，
在狭窄陡峭的山壁间流淌。

每一次这峭壁就像是摇篮，
带给我希望，这山谷里纯真的孩子。
尽管春天的色彩偶尔也会变得暗淡，
然而我已经找到了向上的旋律，
哦，过路人，不要朝我扔你的石头。

我是那条欢快的小河，
拥有着这大山原初的生机。
当你看到那饥渴平原上安静的我，
就如同看到被驯服的瞪羚。
在哪里，那终结之手能让我重新复苏？
带我再一次回到这山岭之中？

冰窗花

是出自贝赫佐德[1]之手还是中国艺术家，
抑或是摩尼[2]和奥扎尔[3]所画？

谁在这窗户的玻璃之上，
画上了花束和心上人？

在那花束之上是一颗心，
还有折叠的信笺与鸽子。

当看到这样的一扇窗，
谜语般蕴藏未明的寓意。

我随即明白，从夜晚到清晨，
是寒冷之手造就这所有的景象。

---

1 贝赫佐德（一四五五年至一五三六年）：塔吉克最伟大的画家和雕塑家，
  被誉为"东方的拉斐尔"。
2 摩尼（约二一六年至二七七年）：古代波斯画家和诗人，摩尼教创始人。
3 奥扎尔：伊斯兰教传说中易卜拉欣的父亲，擅长雕塑绘画。

抒情诗

我独自从此岸抵达彼岸，
我满怀激情游过了河面。

虽然没有泳技高超的朋友作伴，
没有朋友我游过了宽阔的水面。

我们和你之间没有区别，
就是那条路，你走过的我早已走过。

我的对手啊，从这考验中你想得到什么，
我满怀激情游过了河面！

所谓完美

镜子的品质在于我们想要的纯净。
我们的言语和行为之间没有差异。

奔流的山川河水带来清澈纯净，
这透明的清澈正是我们所谓的完美。

陡峭的山峰带给我们宽广与平坦，
高耸的峰巅树立着我们的荣誉，

真知灼见使我们变得谦卑，
尽管保持谦虚时常令我们痛苦。

各位老兄呀，贩卖道理的人有何好处，
这种东西在我们的头脑中微不足道，

我们，在这个世界上只有一次生命，
为何用虚荣耗费我们不可重复的生命？

在那些恶意中我们心怀美好寻找火花，
爱情的清流正是我们所谓的完美。

梦

我梦见村子里漫长的冬天，
暴风雪，盲乱撞击屋顶的声音。
山川平原银装素裹，
雪写下了馈赠——冬天的讯息。

天空明净太阳像金光闪亮的圆盘，
雪水融化我的心也渐生暖意，
我在纯净的雪面翻滚玩耍，
那内心的悲痛渐渐被抚慰。

每个屋檐下雪水的滴落声就是我的笑声，
你能感到这笑声发自肺腑，
户外的树梢就像姑娘结满雪做的垂辫，
这倾心独特的景致再次让人内心激动。

我注视着，窗外村庄上空的每一个屋顶，
烟囱里冒出了袅袅的炊烟。
炊烟——你是我蔚蓝村庄里的喷泉，
在天地之间温暖着每一座房子。

我梦见村子里漫长的冬天，
我在这世上说，没有人比我更快乐，
在夜晚的梦中我的心轻轻对我说：
"悲伤，就在那没有炊烟的房子里！"

古利纳扎尔·科里迪

（一九四五年至今）

　　古利纳扎尔·科里迪出生于艾尼地区的达尔达尔村。毕业于塔吉克斯坦国立大学塔吉克语言系。他曾担任新闻发言人、《东方之声》杂志专栏负责人、《文学与艺术》周刊报主编，以及塔吉克斯坦共和国众议院的议员。他是塔吉克斯坦国歌作者，目前是鲁达基国家文学奖委员会的副主席。

　　古利纳扎尔·科里迪是一九九四年鲁达基国家文学奖获得者，一九九五年获誉塔吉克斯坦人民诗人。

春回大地[1]

看哪，天空中的一行大雁，
看哪，这展翅飞翔的样子预示着春天来临。

看哪，这飘动的云彩是胡占德盛开的花园，
抑或是吉萨尔盛开的美丽花朵。

看哪，每一扇门窗都从梦中睁开了睡眼，
这苏醒满含着希望与激情。

看哪，我的内心处处充满着愉欢，
就像梧桐树浑身充满勃勃生机。

看哪，当微风轻拂我的面颊，
就像与心爱的人相互亲吻。

我恋爱了，你这美妙的歌声啊，
看哪，这热烈的爱恋会有什么样的好处！

如果这是你内心的向往，接受它吧，
看哪，或者古利纳扎尔就是一个狂热者！

---

1 原诗无题，此题目为译者所加。

无题两首

（一）

生活逝去留下了凡俗的身躯，
这凡俗的身躯仍将投入生活。

我对肆意的吹捧不感兴趣，
在我们仍然是衣衫褴褛之时。

再见了，那些虚幻的梦想啊，
在大地上仍然是艰难行走的众生。

我理解这种野生的恐惧，
在我的精神中仍然是动物的本性。

你的人为的虚假的善意啊，
在你身上，仍然是丑陋的劣根。

漂亮的外衣并不能带来骄傲，
在你的内心，仍然是破衫褴褛！

我不会在朋友的目光中死去，
留下凶恶的样子和冲冲怒气。

我的棕榈树获得了斧头的保护，
直到留下这些锋利的语言！

（二）

我根植于躁动的二十世纪的土壤，

我的树冠沐浴着新时代的阳光。

从昨日的灰暗转向未来葱郁的黎明。

在我的身上流动着澎湃的血脉，

在我的脑海中对明天的向往闪烁着光亮。

我身着晨曦与夜晚两种色彩的长袍，

我的果实来自新旧之间，

我的生命在开始和结束之间。

我还年轻，

我会渐渐老去，

我谦虚，

我飞翔，

在新世纪的欢乐气氛中我的枝叶摇曳，

就这样在天空中展示我的安宁与喜悦，

希望这份安宁与喜悦继续生长吧。

新世纪！哦，孕育着新的希望！

别让我的叶子落到无情的秋天里，

别让我的行装迷失在肮脏的歧路，

原谅我的过错，我的过错……

我根植于躁动的二十世纪的土壤，

我的血来自二十世纪的郁金香……

雪

飘呀飘，这洁白与我们同在，
这洁白覆盖了我们的过错！

一个人来到世上就是希望，
看到这个世界的纯洁善良。

晚年的幸福理应充满快乐，
皓首白发也是幸福的颜色。

没有什么比这纯白更好，
这就是乳汁是白色的缘由。

我们的睫毛上有你纯洁的光辉，
哦，你是独具一格的白色！

生活的价值[1]

风为我而吹，曙光为你而升起，

在花叶之间晨露垂滴。

如果有悲伤，欢乐也会将它抚平，

生命的遗憾就是没有见到大地的恩惠。

让我们诵读鲁达基的诗歌，

让我们记住童年，

让我们珍惜生活的价值。

你的双眼、我的双眼都只为看到鲜花，

你的双手、我的双手都只为采摘鲜花。

你的双脚、我的双脚都只为走上美好之路，

你的双耳、我的双耳都只为聆听心灵的歌。

让我们诵读鲁达基的诗歌，

让我们记住童年，

让我们珍惜生活的价值。

听，泉水奔涌的旋律，看，绿植生长茂盛。

你我年轻的心在胸膛里跳动。

幸福美满，这是我们生活中的意愿，

这世上所有的爱都以我们的名义存在。

让我们诵读鲁达基的诗歌，

让我们记住童年，

让我们珍惜生活的价值。

---

1 原诗无题，此题目为译者所加。

返乡之歌

你好，我的故乡生我养我的地方啊，
你好，我的祖祖辈辈生活的地方啊，
曾经我与你远离，
但你始终在我的记忆里。
感谢你，故乡啊，向你道千百声感谢，
我返乡而来，向你道千百声感谢。

没有你我的生命也无所存在，
没有你我的精神也无所依托，
你始终是我希望的所在，
除了你的指引我没有别的选择。
感谢你，故乡啊，向你道千百声感谢，
我返乡而来，向你道千百声感谢。

我逐户敲门，但是没有找到幸福，
没有谁拯救我的艰难困惑，
在这前行的路途我梦想难觅，
只有你让我的路不再棘石遍布。
感谢你，故乡啊，向你道千百声感谢，
我返乡而来，向你道千百声感谢。

当我看到你，我的痛苦消失了，
我所有的悲伤都消失了，
在此之后我将不再畏惧死亡，
与你的分离以后不会再有。
感谢你，故乡啊，向你道千百声感谢，
我返乡而来，向你道千百声感谢。

萨法尔穆哈马德·阿尤布
（一九四五年至二〇一〇年）

萨法尔穆哈马德·阿尤布出生于库洛布市。从库洛布教育学院俄语言文学系毕业后，他担任过新闻工作者、电视节目主持人，以及文化部和杜尚别市政府部门负责人。

萨法尔穆哈马德·阿尤布一九九九年获誉塔吉克斯坦人民诗人，二〇〇二年获得鲁达基国家文学奖。

哦，勇敢的年轻人！

年轻人身上寄托着明天的希望，
年轻人就是时代天空里的晨星。

让老去的世界重新焕发青春，
无论在哪里都要留下自己的印记，年轻人。

在那些道路狭窄的地方，总有巨石矗立路面，
哦，前行的年轻人——成为领袖啊，年轻人！

年轻人就应该站在世界的最高处，
年轻人，一往无前勇攀顶峰！

一个国家有年轻人，就会有充满希望的生活，
不安分的年轻人，就像是双刃剑。

整个世界的担子都在年轻人的肩上，
哦，行动的年轻人——勇敢的年轻人。

你们要寻找爱情，直到收获幸福，
为了全人类的幸福而努力，年轻人！

邀　请

以杜尚别的名义行动起来吧，
为了杜尚别的尊严行动起来吧！

像国旗一样红绿白三色的花朵，
为了杜尚别的容颜行动起来吧！

举起这恋人般情感的香醇美酒吧，
为了杜尚别的繁荣，行动起来吧！

为它正确的目标带来行动的日程，
为了同一个杜尚别行动起来吧！

太阳和月亮普照着世界，
为了杜尚别的明天行动起来吧！

祖国的首都是唯一的存在，
为了这唯一的杜尚别行动起来吧！

杜尚别永远在我们的心中，
为了杜尚别的地位行动起来吧！

朋　友

要想在这个时代立足，就离不开朋友，
朋友之间需要相互帮助相互支持。

敌人的告诫是欺骗而朋友的欺骗是劝诫，
应该原谅朋友的错误过失。

在朋友的面前收起自己的傲慢架子，
不要做敌人的王冠而应成为朋友路上的泥土。

你的眼里看不到朋友，那你的眼里什么也没有，
朋友对你而言就应该是一面明镜。

不要跪拜在懦弱男人的门槛前，
应当和对朋友坦诚相待的人交朋友。

我说——阿尤布，告诉我，我们怎样才能更有价值？
他说—— 一生都做朋友的阶梯。

如果我们呼吸着同样的空气

两只眼睛比一只眼睛看得更远，
两只紧握的手比一百只分散的手更为有力，
我们应该有同一面旗帜，
兄弟，应该和自己的兄弟
并肩同行！

一只翅膀的鹰怎么可能飞翔，
一只离群的鸽子怎么能飞完长途，
民族的声音团结一致才可能更清晰，
团结就像胡姆鸟[1]的两只翅膀，
兄弟，应该和自己的兄弟
相互支持相互依靠！

在伊斯玛仪·索莫尼的时代
人们走向良善之路，
世界上一半的民族和人民都团结在一起，
我们是同类！——人类的子孙说。
应该始终护卫这样的理由，
兄弟，应该像伊斯玛仪·奥兹[2]那样
永远捍卫真理！

要像波波江·加富罗夫[3]那样了解民族的内心，
要了解优秀民族古老的历史。
兄弟，创造团结这本至高无上的书，

1　胡姆鸟：神话传说中的一种鸟，能给人带来幸福。
2　伊斯玛仪·奥兹：阿拉伯传说中的人物，以品性正直、慷慨好客著称。
3　波波江·加富罗夫：苏联时期塔吉克斯坦知名历史学家。

创造一个民族的通行证！
在这个时代有我们的国家和国家的风格，
国家元首坐在最高的位置上，
让世界听到我们国家的声音：
——万众一心为着同一个崇高目标，
兄弟，应该和自己的兄弟一起前行！

如果我们在一起，我们的负担就会减轻，
如果我们走到了一起，我们应该有更多的信任，
不要用武力威胁我们的亲人，
应该肩并肩团结起来去拒绝，
兄弟，所有人都应该追求和平与安宁！

振作起来吧，不分贫富贵贱，所有在这里的朋友，
不要担心恶魔可能会留在这里！
不要让撒旦的诡计在这里得逞，
所有卑鄙者的恶意之箭都出自一把弓，
兄弟，应该和你的兄弟一起守护！

魔鬼般的恶意总是在黑夜里躁动，
手指应该像大海上燃烧的火把，
祖先智慧的火焰给予我们启发，
所有的光明都来自彼此的忠诚，
兄弟，应该和兄弟一起并肩战斗并肩同行！

如果我们呼吸着同样的空气，
这空气中的风来自那些挑唆引起战争的人，
这空气中的火花将会点燃每个反对者，
面对暴风雨任何人都不可能独善其身，
应该珍惜同呼吸的命运，摆脱羁绊的牢笼，
兄弟，应该和自己的兄弟勇敢地站在一起！

致库洛布人民

我的笔就是库洛布人民的笔，
库洛布人民的悲伤就是我的伤痛。
所有我去过的地方都尊重库洛布人民，
我对所有人都说过库洛布的人民，
感恩慷慨而有情有义的库洛布人民。

够了，那些手指尖嘴巴边上的虚情假意，
不求奢华的殿堂不求权贵的虚位，
除了善事义举他们别无所求，
今晚每条深街曲巷所讲述的故事
都来自库洛布人民曲折多难的命运。

够了，那些在他们面前聒噪不停的人，
就好像兽群来到初生绿芽的面前，
这些人给他们带来地震般的破坏，
这些人的头儿向他们张着血盆大嘴，
对库洛布人民的苦难置之不理。

可以说库洛布就像一个家徒四壁的家，
在高位之上时常坐着贪污受贿的官员，
他没有做出任何对人民有益的事情，
最后那愚蠢的领导从他的官位上落马，
对库洛布人民来说那样的人不受欢迎。

这肥沃的土地因为污染而变得贫瘠，
这丰盈的水源因为污染而变得肮脏，

我们的盘餐饮食因为污染而变得污秽，
所有的牲畜家禽蜂蜜都受到了污染，
连库洛布人民流下的眼泪也受到了污染。

聪明能干的人民呀，善良纯洁的人民，
你们生活在被毁坏的胡勒布克[1]之上，
就像是永远活在祖先坟墓之上的棕榈树，
如果所有的穆斯林向着麦加鞠躬膜拜，
我也会在库洛布人的脚步前鞠躬致敬！

---

1 胡勒布克：古代胡达梁国的都城，是现代塔吉克斯坦哈特隆州的一部分。

阿里穆哈马德·穆洛迪
（一九四五年至今）

　　阿里穆哈马德·穆洛迪出生于哈马多尼地区。一九六九年毕业于塔吉克斯坦国立大学塔吉克语言系。服完兵役后，他先后担任地区报纸的工作人员和主编、州级报纸的负责人、国家电视台音乐部门的编辑和主编、《东方之声》杂志专栏的负责人。他目前在家乡生活和工作。

　　阿里穆哈马德·穆洛迪出版过七部诗集，是图尔逊佐达文学奖的获得者和以沙姆希丁·绍辛命名的州级文学奖的获得者。

农村的夜晚

又一轮明月，再一次高悬，
那些合拍的不合拍的，都在这里舞蹈。

夜空里星光灿烂
仿佛墙头或屋顶探出的眼睛。

微风吹拂梧桐舞姿摇曳，
从每一个房间升起袅袅炊烟。

春天巨大的暗影临近，
预示着美好的事物即将到来。

春天已经覆盖了荒岭四野，
就像虔诚面对圣火。

人们将羊群赶进羊圈，
四周都能听到鸡的咯咯叫声。

夜幕慢慢来临，
善恶都隐藏在这夜幕中。

再见，悲伤忧愁啊，世上的苦难压迫，
轻松迈开脚步，同胞们啊，走向明天！

不要为难诗歌

诗人有何优越?
诗人并无优越!
灵感到来之时,仿佛来自神谕,
使其化为作品则有赖于诗人和天才。
他的文字来自自己。
他的生命取决于自己的付出。
不要为难诗歌,
不要将诗歌创作等同于市场吆喝。

哦,每一扇门背后的环扣声响,
都能显示出一个人的性格风骨。
哦,诗人的名声被你玷污,
诗歌的桌布因你而变得肮脏,
不要为难诗歌,
不要将诗歌创作等同于市场吆喝。

诗人,就如同太阳,
燃烧自己照亮黑夜。
每一行诗句就像一缕光,
让光辉照耀着内心的世界。
不要为难诗歌,
不要将诗歌创作等同于市场吆喝。

诗歌的创作就应该是旗帜,
给予广场特有的壮丽。
诗人是能够忍受痛苦的人,

总能够为人们去除痛苦忧伤，

不要为难诗歌，

不要将诗歌创作等同于市场吆喝！

团 结

光明轮回就好比是山之泉溪，

泉水从山间流淌而出。

那种纯净就像是养分，

或者就像天真无邪的眼睛。

泉水就像活泼好动的孩子，

泉水就像孩子的哭声与笑声……

在绿色母亲的身旁嬉戏，

像一个快乐奔跑的孩子。

在奔跑中、嬉戏里慢慢长大，

从虚弱慢慢变得充满力量……

溪泉渴望变成一条河流，

从微小的一点，想成为一个世界……

要想成为河流就要坚强，

在自己的路上排除无数的阻碍。

为口渴的人解渴，

让疲劳的人去除疲劳。

给死气沉沉的平原带去活力，

让绝望的心重燃生机。

给每一块盐碱地以生命。

让燃烧的沙漠重现春之快乐……

让绿植更绿，

让每条血脉都热血沸腾……

然而这条路来自山石之间，

来自深壑狭壁之间。

行途之中会有很多麻烦，

行途之中会有很多苦难。

有时徒行，有时爬行，

在山间峡谷中艰难前行……

起起伏伏中劳累无助，

长途里双腿疲劳，

垃圾成堆阻挡了道路，

在无路之处难以继续。

手脚受困，难起作用，

难以保持独自纯净……

内心如果处于这种情况，

就让自己看一看溪泉。

溪泉——大山的孩子，

从同一片水土里诞生，

从四面八方，汇聚到一处，

汇聚到一处，成为河流……

在一个充满灾难与腐败的世界

拯救之路是联合起来。

不能团结起来的民族将被分裂，

坚固的团结将会使一切变得容易。

放不下的思念

当你到来，我的灵魂已经出窍，

心中的话儿，已经语无伦次。

我在清晨祈祷听到你从天而降的脚步声，

我在这里无数次祈祷，彻夜难眠。

你是河流我是水滴，你是世界我是微粒，

在心的花瓶里放不下这么大的花园。

在你面前我已迷失，找不到自己，

我的眼里全是你，我已身不由己无法自拔。

柔巴依[1]

你的眼神像闪电击中我，如此美丽。
你的秀发遮掩着脸颊，如此美丽。
曾经代表着悲伤哀悼的黑色，
在你明亮的眼眸里也是如此美丽。

悠闲的花园啊，有着夹雪的风，
在那天边有着雪的梦。
每天在枝头鲜花盛开的地方
会有另一种雪花般纯洁的喻真。

当今时代正义与执著已经变得稀少，
连接其间的纽带脱落已经变得破烂。
我们在店市寻找着真诚的心，他们说：
"真诚的心有，但是顾客已经变得稀少。"

我们的世界来自亚当的失德，
就好像手中的酒杯留自贾姆谢德[2]。
从鲁斯塔姆那里看到为国奋斗的精神，
星空之中存留着鲁斯塔姆的功德。

---

1 柔巴依：流行于中亚等地区的一种诗歌形式，每段为四行，一般一、二、
　四行押韵。
2 贾姆谢德：《列王纪》中的国王。

多洛·纳乔特
（一九四六年至今）

多洛·纳乔特出生于艾尼地区的乌尔迈塔尼村。他先后毕业于胡占德教育学院塔吉克语言文学系和塔什干党校。他多年从事记者工作，目前已经退休。

多洛·纳乔特二〇一〇年获得鲁达基国家文学奖，二〇一六年获誉塔吉克斯坦人民诗人。

民族团结

团结

是雅利安人的金色王冠升起

带着民族的骄傲。

和焊接迸溅出的

绚丽火花，

让我们紧密地联系起来

和不朽的民族雕塑一起。

团结

是高高在上的宝座

在民族高大的幸福之愿的殿堂。

团结

是一种旋律，

我们一起歌唱

伴着瓦赫什河和泽拉夫尚河的声音

以及发自民族内心的笛声。

团结

是木卡姆[1]中的睿智长者

带来的精神食粮

伴随着法拉克[2]悠扬的曲调泰斯比哈

---

1 木卡姆：一种古典音乐形式，流行于我国新疆地区、中亚、伊朗、土耳其等地。

2 法拉克：塔吉克人的一种传统口头音乐，多以柔巴依等诗歌形式为基础。

和少女旋律轻柔的"拉拉伊克"[1]曲乐，

轻轻地吟唱

来自梅赫丝蒂[2]歌曲的母神。

团结

是塔吉克人脸上盛开的笑容

来自民族之树

和开朗的塔吉克人珍珠般的眼睛

来自民族的王冠与宝座。

团结就是

　　总而言之

在民族的"我"之中

我们团结一致

和民族的国家一起！

1　拉拉伊克：一种巴达赫尚地区的口语诗体裁。

2　梅赫丝蒂：出生于胡占德地区，和海亚姆同时代的女诗人、歌手。

在祖国的今天

我现在
在巴达赫尚的清晨里
放声歌唱
祖国太阳的《亚什特爱颂》[1]。
我的歌声飞扬
飘荡在祖国的山水之间。

我现在
让太阳四射的光芒
尽情抛洒
照耀萨雷兹明亮的湖面。

我现在
用瓦赫什清澈的河水编织
一千零一道光，
那是为了祖国的独立
汇聚的光亮。

我现在
将扮演《阿尔让格》[2]里的角色，
从复活的名字和尊严中走来
用一百种色彩绘出一百种壮丽。

---

1 《亚什特爱颂》：经典名著《阿维斯陀》里第三卷的篇章名。
2 《阿尔让格》：摩尼教画册，为不识字的摩尼教信徒讲解经义之用。

我现在

将《塔吉克人》这本书包装

　　用石头花的丝绒，

我想将它赠予

文化世界的学府殿堂。

我现在

从塔吉克语中筛选出花瓣，

让麦粒般的塔吉克字母变得纯净。

我现在

呼吸着穆里扬河[1]的芬芳

想要深情地诵读抒情的诗歌

歌颂森林的葱郁茂盛。

我现在

像风吹来塔吉克人幸福的气息

在民族清新而多彩的清晨，

在那里猎猎飘扬

就好像国旗迎风招展

那快乐的样子——

　　　　像一只民族团结的胡姆鸟！

1　穆里扬河：布哈拉附近的一条河。此河在鲁达基的诗歌《劝王归》里有提及。

独立之歌

某个时候
独立的胡姆鸟
降落在
祖国的屋脊，
栖息在一只鸽子心中的我
吐露祝福

    对我的祖国
在清晨最纯净的角落。

那时候
微风吹拂着我的衣袍
带着灌木的气味，
从世纪半睁的眼眸里
清扫着
飞扬的尘土。

那时候
从一束安达勒比花中
我带来一枝"团结"祷词的花朵，
希望
民族的花蕾
在绽放的祷告中成长。

那时候
春天的声音在耳边萦绕
伴随着春天的声音

我的衣袍在风中猎猎作响
替代那些受伤的鸟儿。

那时候
太阳一点一点升起
从人们的视线里
从朝霞的面颊里
看到小麦初生的麦穗。

那时候
苞蕾饱满的
一束鲜花
　　盛开的郁金香
来自引领逝者的天使，
直到祖国成为
独立的花园。

然后
我的衣袍在风中飘舞
在团结宫屋顶之上，
在风中猎猎作响
　　悬挂着
与飘扬的国旗一起！

哭泣的诗

上天啊，
会怎么样，如果带着爱
我紧锁的门向着原初打开，
给我的来世一个愿望，
让这愿望在这个世界珍贵无价。

上天啊，会怎么样，
如果你启蒙的色彩充溢了我心中的笔，
我写下一首含泪的诗
在面颊之上。

上天啊，
会怎么样，如果我眼中的点点泪花
播种在精神世界的花园，
这些花儿，在泥土的世界不再绽放。
会怎么样，
如果用光串起我泪滴的泰斯比哈[1]，
我的忏悔值得被接受。

上天啊，
会怎么样，如果显现出来
从你的真容中闪耀出一点
清晨我像泛红的眼泪般的露珠，
我在它的清澈中看到世界的内外，
看到明天清晨的纯净。

1　泰斯比哈：穆斯林礼拜用的念珠。

努尔穆哈马德·尼亚孜

（一九四六年至二○一八年）

努尔穆哈马德·尼亚孜出生于胡占德地区的鲁莫尼村。一九六九年毕业于塔吉克斯坦国立大学塔吉克语言系。他是一名记者、影视工作者，也是塔吉克斯坦作家协会索格特州分会的负责秘书。

努尔穆哈马德·尼亚孜二○一二年获得塔吉克斯坦人民诗人荣誉称号。

无　题

从愤怒中获取快乐之人，他是真诚的！

从快乐中获取愤怒之人，他是尖刻的！

这世上之人，都会在自己的位置上度过一生，

向别人学习他们的优点与长处！

那些作恶之人，希望他们都留在其位，

之后我们不见也不去谈论他们的颓废死亡！

在生命的花园里有着我们不断成长的印记，

一棵棕榈树的幼苗会慢慢变得参天蔽日！

就像芬芳的气息离不开春天的花朵，

一个人的感情总是与他的生命不可分离！

对于每一个希望自己努力高飞的人，

我们心中的愿望就是他的羽翅！

我的心

我的心是一个全新的花园，
有着无声、单纯的笑声。
没有任何折断的枝条，
花枝开满鲜花宛如花束。
它们的枝头还没有沉重的负担，
它们的枝头还没有带来戕害的风。

我的心是一个全新的花园，
在那里绿植没有干枯，
水仙花的眼眸没有向大地低垂，
所有的花草都面朝太阳生长，
所有的花草都拥有着色彩与香气。
有关生命结局的消息还没有到来，
一切仍然在享受与生长。

我的心是一个全新的花园。
那未经允许就来到我花园的人啊，
那遗忘了我和寻找着我的人啊，
就好像令人悲伤的秋天的不要到来，
就好像纳乌鲁孜节的快点到来！

童年的回忆

在山泉的边缘
我的童年永仁。
那童年的时代
记忆无处不在。

从残雪将尽的土地探出头来
雪铃花绽放在每年春天，
春天里挨家挨户串门玩耍
山区里躁动不安的孩子们。

时而在院墙上探头嬉笑
看起来就像是漂亮的郁金香，
那些见证我孩童时代的人，
我多么希望也能再见到他们……

在一条条路上追寻着童年
昨晚我从山坡上经过。
童年化为欢快的鹧鸪鸟，
它从山腰间向我发出阵阵鸣叫。

柔巴依两首

（一）

河流，河流，我行走的灵魂，河流，
我将随你一起奔流，河流。
仿佛愿望在我心中激荡，
仿佛诗歌从我的舌尖涌淌，河流。

（二）

需要解脱忧郁悲伤的心灵，
需要聆听内心的声音。
头脑为了身体受难有何用处？
身体应当为了头脑忍受悲悯！

春天的爱恋[1]

我们的恋人鲜花般盛开，春天啊，春天，

我们的心儿彼此相爱，春天啊，春天。

昼夜相同，既不多也不少，

是爱情的时节劳作的时节，春天啊，春天。

爱之所指，身之所至，

每一朵花儿都在等待，春天啊，春天。

我将会看见天地间的绚丽灿烂，

宇宙万物生机勃勃，春天啊，春天。

我的眼睛我的心儿我的怀抱都已敞开，

亲吻拥抱的时机已经来临，春天啊，春天。

今天的花海里人流如织，

人们一点也不在意贫穷与否，春天啊，春天。

正如耶稣所说春分时节已经到来，

每一缕光都在微笑，春天啊春天，这春天！

1　原诗无题，此题目为译者所加。

阿斯卡尔·哈克姆
（一九四六年至今）

阿斯卡尔·哈克姆出生于胡占德地区的鲁莫尼村。他一九六七年毕业于塔吉克斯坦国立大学塔吉克语言系，是莫斯科世界文学研究所研究生，二〇一八年获得语言学博士学位。他是《东方之声》杂志的副总编辑，《文学和艺术》周刊的主编，曾任塔吉克斯坦作家协会主席。他目前是塔吉克斯坦科学院语言和文学研究所所长。

阿斯卡尔·哈克姆是一九九二年鲁达基国家文学奖获得者，一九九九年获誉塔吉克斯坦人民诗人。

无　题

时间总是会流逝，

因为时间原有的价值总会失去。

生活教会了我们经验，

它的知识胜过众多的学校书本。

在这片土地出生但是我们的思想

从蔚蓝的天空飞过。

晦暗的星星并没有那么晦暗，

人类的晦涩胜过了晦暗的星星。

造谣者污蔑着捍卫真理之士，

但是他经受住了考验。

只要你活着，就要做个男人，

无论你活到何时。

应当就那样思考世界，直到

去世之时，他们说，世界已经逝去！

带着灯的盲人

夜晚盲人行走在路上，
在他的手里拿着一盏明灯。
"你，在黑夜里用不着光亮，
带着一盏指路的灯有何作用？"

"这盏灯不为盲人照明，
盲人行走无需灯盏。
它只是为了那些正常人，
为了让他们能够将盲人躲避。"

我的世纪，是光与火的世纪，
虽然你的昼夜都有光亮，
但是能够看到光亮的眼睛很多，
而明亮的内心却非常罕见。

在白天人们彼此聚首
好像是知书达理的一群人。
灿烂的阳光又能带来什么收获，
如果心中的太阳没有光亮？

这里隐藏着所有的智慧教诲
在这无尽的生活之中。
盲人带着灯盏
就像白天走在路上的正常人。

我的世纪，是充满光明的世纪，

你光明的源头有着我的希望

否则我们将昼夜前行

所有的指路明灯都在手上……

破旧的手推车

就像破旧的负担在农村的土坡上
遗弃着一辆损坏的手推车。
它的车轮深陷于泥土之中,
身体倾斜,瘫倒于一侧。

它的板材已然完全损坏,
荒废地遗弃在滨藜草下,
车的前把破烂在泥土之中,
只剩下一截露出地面。

记忆中的这辆手推车,
孩子们推着东西游戏。
呼喊着奔跑转圈,
不时在它旁边的地上翻滚。

时光漫长而欢乐,
孩子们总是与这手推车在一起。
夜幕降临,孩子们进入梦乡,
那些梦总是与泥土相关联。

记忆如此漫长,
就像是马蹄声轻轻地叩击。
这记忆不关乎金钱,
这些记忆总是与手推车有关。

那些场景不时出现,

在道路之上尘土扬起。
哦，但是，这渐渐远去的马儿，
车身破裂，车轮损陷……

我想要这样的一辆车，
让我在记忆中留住这手推车。
车轮默默地坏损，
它只在我的身体里呼喊。

平原上的夜莺

……尽管花香与夜莺令人愉悦，

但我只喜欢鲜花，情愿做鲜花的奴仆。

我要说呀，这平原上的鸟儿，就是如此，

在这平原上游逛的花花公子，就是如此！

让这旷野成为享乐的花圃，

让每个花瓣都吹响萨克斯，这花花公子啊。

尽管每一只鸟儿都会向着花儿歌唱，

那也只是鸟啊，平原上的鸟。

闪光的镜子

这面闪光的镜子是谁，是谁，

仿佛是水面上太阳的眼睛。

哦，在岸边酒馆的我们到底错过了什么，

沉默，他的沉默是一首歌的巅峰。

在他的唇尖上，如果没有倾述的气息，

这城市从谁那里能听到纯洁的爱情故事？

他不需要告辞式的漫步，

每一个生物的赞美都归于他。

他不知道清真寺、修道院和犹太教堂，

但万物都拜伏在他的脚下。

他慷慨之手为人类带来五月的风情，

这便是他，让万物各司其职。

他是真正的佛，是真主，

在佛教徒、敬畏者、穆斯林和犹太人眼里。

一旦进入天穹，世间他物都已消失，

尽管这世界之镜是降落之地。

他就是，那崩溃衰落之前的时日，

造物之路，保有秩序与节奏。

我们都把这看作是壮观的背景，

有趣的是，那是谁，是谁？！

古丽鲁赫索尔·萨菲
（一九四七年至今）

　　古丽鲁赫索尔·萨菲出生于努拉巴德地区的亚赫奇村。一九六八年毕业于塔吉克斯坦国立大学塔吉克语言系。从一九七〇年到一九八一年，古丽鲁赫索尔·萨菲从事新闻工作，担任报纸和儿童杂志的主编，一九八二年至一九八五年任塔吉克斯坦作家协会副主席，一九八七年至一九九三年任塔吉克斯坦文化基金会主席，一九八九年至一九九一年任苏联议会议员，一九九〇年至一九九二年任《文化》杂志主编。

　　古丽鲁赫索尔·萨菲获得二〇〇六年鲁达基国家文学奖，一九九九年获得塔吉克斯坦人民诗人称号。

雅利安

雅利安!
这显露或未显露的高贵啊,
这有声或无声的仪容啊,
如果没有比你熄灭之火残存的烟站得更高,
就像从你深陷的黑暗中迸溅而出的火花,
如果没有比你泥土与热血混融的民族的生存站得更高,
我将会心生惭愧!
如果没有在自我认知的天性里看到自己的倔强,
如果没有找到解决的道路、思考
在自我拯救的努力中,
我将会为这习俗和作为其拥有者而感到惭愧!

雅利安!
无所依靠的老人,
在无助疲惫中沉默地看着自己孩子的死亡。
世界从你的辞典中找到了意义的端倪,
人们从你智慧的内核中认识到自己的初源,
而这世界和人类却将你从记忆中遗忘,
在你深含爱之习俗的痛苦的哀悼中?!

雅利安!
就让我面向这悲伤的土地、天空,
我不想学习如何塑造自己
　　从你自以为是的人造历史中。
给我心灵的火焰、眼睛的火焰、精神的火焰,
　　已然冷却的太阳家园啊
来自你纯洁而火热的源头!

雅利安！

我是那般地坠落

从你的精神之巅

  到屈辱的地面，

只因我不想天空中还有其他的高度

除了你大地的高度。

雅利安！

令人惊叹的生死场景，

让塞尤乌希[1]的血色郁金香做你的纳乌鲁孜还要到何时？

让东方的太阳做你自我燃烧的赝品还要到何时？

让像光一般的绸丝在命运的指尖缠绕

还要到何时？

战争还要到何时？

雅利安！

辉煌的疲倦，

未来之光折断，

为了过去不眠的眼眸，

为了守护你枯萎的荣耀

我不会再有耐心与力量。

雅利安！

失去了孩子的强壮的鲁斯塔姆啊，

在令你永葆荣光的战争中，

你的母亲、你的女儿、你的心上人，

都成为你流血的战壕的代价

我不再有另一个苏赫罗布为你牺牲了！

1　塞尤马希:《列王纪》中的人物，是一位王子。

爱之歌

就像真理之光永庇真理，
就像黎明来自暗夜，
纯洁的爱来自美好的一切，
就像幸福的底蕴来自塔吉克：
你，祖国，我们美丽的土地，
你，祖国，我们最后的希望！

你的自豪感就是我们的地位，
你的尊严和荣耀就是我们的目的，
你不朽的纯真就是我们的本性，
你群山的城堡就是我们的天堂：
你，祖国，我们美丽的土地，
你，祖国，我们最后的希望！

你是传递黎明将至喜讯之人，
你是塔吉克人幸福的支柱，
你是团结与爱的依靠，
你是缘分，你是母亲，你是民族：
你，祖国，我们美丽的土地，
你，祖国，我们最后的希望！

继承者

塔吉克斯坦，除了你没有人理解，
我对这片山地之所的骄傲。
在我朴素的语言、我的乡音里，
我叛逆的行为和赤裸的精神。

我就是你燃烧的太阳的光芒，
我就是你土地上的郁金香。
祖国啊，我的精神支柱，我神圣的母亲，
我就是你这片山地之所明媚的女儿。

塔吉克人的谦逊并不简单，
来自民族拥有的高贵品质。
在生活中衡量我尊严的尺度
来自民族精神的峰巅。

我复杂的经历起源于
从你的巨石下喷涌而出的泉源。
鲁达基永远不会原谅我，
不要说我的财富中没有这样的物品！

我找到了你遗产的源头
来自"阿维斯陀"[1]的文字。
虽然并非完整地来到我的面前，

---

1 阿维斯陀：古代琐罗亚斯德教的圣书，主要记录先知琐罗亚斯德的生活及教训。

苍天护佑，我受伤的灵魂啊，祖国！

祖国啊，我尊严的太阳啊，
我对你的爱情之火燃烧得仍然不够。
站在你的肩膀上看世界，
每一个拥有祖国的人都拥有一个世界。

从我的眼中拔出荆刺，
为了看到你花园的笑颜。
我是你尊严和土地的继承人，
你的称谓在我历经创伤的内心。

塔吉克斯坦，除了你没有人理解，
在我心中响起的瓦赫什河水声。
在我对人类认知的不懈努力中，
亚赫奇[1] 的妇女留下了纯洁的教诲。

烟雾从火焰中升起，
尊严始于祖国的尘土。
诗歌是一种叛逆精神的产物，
诗人始于祖国的痛苦！

1　亚赫奇：村庄名，诗人的出生地。

像爱情一样

向你转达那没有窝巢与谷物的鸽子的问候，
向你转达那孤独而恐惧的伴侣的问候，
向你转达那芬芳而摇曳的丁香的问候，
向你转达那执著于爱情的离别者的问候，
向你转达那勇敢而壮丽骄傲的死亡的问候：

我比你更早地爱上了你的心灵，
我爱上了你灿烂的绽放！

虽然从他人的悲伤里看到了自己，
我仍然有着与你相见时喜悦闪耀的期许。
你就像黎明一样来自漆黑的夜晚啊，
我就是在密布的浓云里等候你的不眠之星。
我就是写下你的疼痛和忧伤愿望的诗人：

问候你如花般的笑容、神奇的目光，
问候你的罪孽、功德和惩罚！

我比你更早来到世界是有意义的，
我爱上了你无数次期待的含义。
虽然对自由的我而言世界就是监狱，
我爱上了你的监狱的自由，
我爱上了你眼中的童话。

在你睁开双眼之前就爱上了你的眼睛，
我比你更早地爱上了你的呼罗珊！

墙

在你的墙后脚步经过的地方在哭泣，
在我如花的笑颜中忧伤的叶子在哭泣。

生命虽然老去爱情仍然年轻，
让未老先衰的我禁不住地哭泣。

在我目光的悲痛中有着分离的倾述，
在你的沉默中痛苦的伤口在哭泣。

我的孤独与你的貌合神离
在叹息的翅膀和湿润的眼眸里哭泣。

我向谁诉说，你的痛苦让我拿起笔，
我向谁追问，为何每支笔都在哭泣？

自那之后光阴的价值在我眼里倍加珍贵，
没有你的时刻每一次呼吸都在哭泣。

只要你一直是可怜的贾姆谢德的继承人，
在我的民族的唇边贾姆谢德之杯在哭泣。

穆赫塔拉姆·霍塔姆
（一九五〇年至今）

穆赫塔拉姆·霍塔姆出生于加尔姆地区。一九七二年毕业于杜尚别教育学院语言文学系，长期在学识出版社、作家出版社、奥利尤纳出版社和《希望之路》周刊报工作，也在塔吉克斯坦共和国上议院和众议院工作。

穆赫塔拉姆·霍塔姆是图尔逊佐达文学奖获得者，目前是作家出版社的主编。

祖　国

你知道吗，你在我心中处在何等的位置，祖国，

你是所有的世界啊，祖国，是所有的时代啊，祖国。

在我的眼里你是天堂啊，是诗歌是寓言是故事，

你是祖先的纪念，是天空的呼唤，祖国。

你是帝王的皇冠宝座，是伟大的象征，

你是诗歌天才的殿堂，是凯雅尼[1]的荣光，祖国。

我和你血脉相连，你在我的意识信仰里，

你在我的心中，祖国，你在我的灵魂里，祖国。

你是帝王们的城池，是勇士们的故乡，

你是呼罗珊人的疆土，是雅利安人的平原，祖国。

你是我所有的春天啊，是我的云雨和花园，

你是我的皑皑群山，是开满鲜花的田野，祖国。

你是我诗歌吟诵的旋律，是我生命最终的形态，

我的故事与诗集因你而成，祖国。

你就是我的本性，是我命中注定的文字，

你就是我的天堂，是我永恒的生命，祖国。

我对天空讲述你大地山川的风貌，

我对银河讲述你辛勤劳作的黎民，祖国。

我用心爱着你，用生命爱着你，

我全部的身心啊，你是一切的光芒，祖国。

没有这所有的一切，也就没有整个世界，

没有你何来一切，祖国，没有你何来一切，祖国。

我的朝拜之路，就是我的所有，

你在我信仰的支柱上安家落巢，祖国。

1　凯雅尼:《列王纪》中记载的上古时期伊朗历史上的一个国王。

萨达节[1]怀念祖先

萨达节是新春的预兆和喜讯，

同时也是缅怀祖先的节日。

萨达节有五十个白昼五十个夜晚，

它的夜晚和白天一样明亮热情。

如果在巴赫曼月[2]的夜晚你和我在一起，

你给我的生命带来如火的温暖。

来吧，充实我们的夜晚，

让僵硬冰冷的心迸溅出火花。

我笔尖的火花已经点燃了火焰，

奇怪啊，本子为何还一片空白。

高兴的是，巴赫曼月的火焰已经燃烧起来，

就好像庭园里一束新的火焰燃烧起来。

巴赫曼月的讯息带来的温暖，

让我的心就像巴赫曼月的雪水融化。

永远缅怀我们的祖先，

让他们善良的名字永驻我们的内心。

---

1 萨达节：塔吉克古老的传统节日，在纳乌鲁孜节前五十天。

2 巴赫曼月：琐罗亚斯德教历法中的十一月。

老　师

在老师的心中教育是一面镜子，
老师们的明灯就是人生的指南。
他是演讲者，也是践行者。
在我们的心中播撒祖国美好的种子。
我们犯的每一个错误都会被他改正，
他红色的笔就像在本子上改错的手术刀。
地球仪在他的手中转动，
每个清晨就是他翻动的书本。
是的，是的，没有老师世界也难存续，
这世界的发展来自时间的力量。
在每一个黎明，他为我们打开书本，
一点一点让我们的眼睛充满光明。
对我们来说没有谁比老师更值得尊重爱戴，
老师的价值，就是能够为我们开拓眼界。
每个时代老师能让书本的内容更加丰富，
我猜想，老师就是从山边升起的太阳。
为了让我们学到正确的知识，他无数次地俯身啊，
仿佛在他的书本上虔诚地做着礼拜……

书

世界上每个人都离不开书本，

所有人类的认知都藏匿其中。

是谁打开了我们的视野？

是我们的母语，也是书本的知识。

长者的经验惠及年轻人，

书本让这些确定下来。

慢慢地翻动那些纸张，

时间的财富在书本中积累。

太多人从书中受益

他们在书的天地里漫游世界。

价比黄金并非它的缺点，

书本会向大众传递思想。

从我的唇间到我的指尖

我将亲吻这书本的导师。

从头到脚所有的东西，

有了书本才可能更好地了解。

爱 情

爱情，是熊熊的火焰，
你在我的心灵中燃烧。
让世上之人都在内心
追求拥抱并活在其中。
东西南北，
太阳升起照耀四方。
这是你哭泣的原因，
也是你欢笑的原因。
如果你让一个人得到奖赏，
同时也会让其他人痛苦沮丧。
爱情，你永恒不朽，
我为此而生，因为爱永不熄。

卡莫里·纳斯鲁罗
（一九五〇年至今）

卡莫里·纳斯鲁罗出生于彭吉肯特地区的彭吉鲁德村。一九七一年毕业于杜尚别教育学院塔吉克语言系。他曾在《火炬》和《东方之声》杂志工作，先后任塔吉克斯坦作家协会外事部门主任、《春天》杂志总编、塔吉克斯坦作家协会副主席。

卡莫里·纳斯鲁罗是一九九八年鲁达基国家文学奖获得者，二〇〇〇年获誉塔吉克斯坦人民诗人。

如果土地能治愈创伤

如果土地能治愈创伤，
这就是塔吉克斯坦的土地。
如果荆棘如盛开的花丛，
这就是塔吉克斯坦的荆棘。

如果爱情是人类的真纯，
如果爱是荣誉的扮饰，
如果尊严是灵魂的外衣，
这就是塔吉克斯坦的土地。

如果仁慈是疆域里的国王，
如果欲望是由真诚串联，
如果男人们含着泪微笑，
这就是塔吉克斯坦的土地。

如果向善是人类的义务，
客人到来都是上天的安排，
如果朋友受到应有的尊重，
这就是塔吉克斯坦的土地。

如果脸庞像鲜花般绽放，
让四季都如同春天，
如果草木山水都是治愈良药，
这就是塔吉克斯坦的土地。

如果诗歌是夜晚的蜡烛，

如果尊严比灵魂更为宝贵，

如果人心都有一座良心的殿堂，

这就是塔吉克斯坦的土地！

纳乌鲁孜节[1]快乐！

哦，自由飞翔的翅膀，纳乌鲁孜节快乐！
哦，内心充盈的清晨，纳乌鲁孜节快乐！

天空之下万物复苏，大门已敞开
欢迎你的光临，纳乌鲁孜节快乐！

跟随着阿胡拉[2]，跟随琐罗亚斯德[3]的脚步
自由自在地创造，纳乌鲁孜节快乐！

新叶发芽，传递阿胡拉的讯息，
那意味着，一片繁荣景象，纳乌鲁孜节快乐！

来自胡斯拉乌和帕尔维斯，来自舒普尔和法尔霍德，
来自贾姆谢德举起的酒杯，纳乌鲁孜节快乐！

绿植吐露新芽，花蕾绽放心蕊，
那份欢喜发自心底，纳乌鲁孜节快乐！

敞开胸襟，敌人也会变朋友，
那份快乐容纳一切，纳乌鲁孜节快乐！

1　纳乌鲁孜节：意为新的一天，每年的三月二十一日。"纳吾鲁孜节"标志
　　着新的一年的到来，是波斯、塔吉克、维吾尔、哈萨克、乌孜别克等民族
　　的共同节日。
2　阿胡拉：即阿胡拉·马兹达，琐罗亚斯德教中代表着善与光明的神。
3　琐罗亚斯德（公元前六二八年至前五五一年）：是琐罗亚斯德教创始人，
　　琐罗亚斯德教在汉语中又称拜火教或祆教。

哦，抛弃一切烦恼苦闷，自由重回大地，
在金色的殿堂里共庆纳乌鲁孜节快乐！

哦，千千万万的灵魂，千千万万的爱，
哦，这予取予求的自由，纳乌鲁孜节快乐！

这永恒的恩典，这神的馈赠，
大声呐喊吧，纳乌鲁孜节快乐！

无需多说，无需多做，
无需去记忆里回想，纳乌鲁孜节快乐！

这不断增加的美好，就这样，不断地增加，
这自由自在的美好，纳乌鲁孜节快乐！

教师之光

教师之光与天空同高，
教师的灵魂让我们备受鼓舞。

这不是两个世界的福气
教师的每一块粮食都清清白白。

你看，那所有人的良心
都受惠于教师的良心。

如果你在寻找明天的勤劳，
请先懂得尊重和感恩老师。

如果你希望在未来拥有勤劳，
请你先懂得老师的殷殷期望。

时代进步的快慢
取决于老师的贡献。

在哪里可以看到光明的未来，
难道不是从老师的眼睛里吗？

任何的收成都有着土地的味道
没有老师的知识这一切怎能发生？

你知道，我们民族的腾飞兴盛
都在老师们的手上！

无　题

我看到的，使我内心的疼痛在燃烧，
一只麻雀从它的窝巢坠落，留下回响。

风啊，为何你如此凛冽？
这凛冽无所顾忌，看哪，留下了什么。

老伙伴啊，你欢快的身体里一颗温暖的心
这冷酷无情却使它坠落深渊。

大地啊，为何没有温情，任它这般跌落，
失去了生命，悲伤的目光在你面前停滞。

已然心碎的我将它未冷的躯体埋葬，
而它的母亲心伤的哀鸣一直在那里回响……

无 题

这一夜我离别的心陷于群狼的围场，
我孤独的忧伤是一位守门人。

我的心曾经无助地满街游走，
直到今天它依然满怀恐惧。

我并非哀怨之人，但是，我该怎么办？
那忧愁哀伤始终在我的脑海中萦绕。

我的路通往乡土，那是我所愿啊，
国王抑或乞丐拥有一样的情感财富。

我走向那些人，忘却了自我，
在我和我的追寻之间，多少人隐藏其中。

面对你的笑声我不由得惧怕，
在今天的面纱背后黑夜深藏。

这自我远离只是通往心桥的一点努力，
没有警言的世界显露人类的真容。

直到棺材成为希望的摇篮，
直到棺材成为离别的摇篮。

拉赫迈特·纳孜利
（一九五一年至今）

拉赫迈特·纳孜利出生于库洛布市。一九七三年毕业于塔吉克斯坦国立大学新闻系。他从事过记者工作，担任过《文学与艺术》周刊报的副主编和塔吉克斯坦作家协会部门负责人。他目前是鲁达基国家文学奖评选委员会秘书。

拉赫迈特·纳孜利是鲁达基国家文学奖二〇〇〇年获得者，二〇〇三年获誉塔吉克斯坦人民诗人。

敲起塔布拉鼓

从广场上传来喧闹的声音
一个夹着塔布拉鼓的男人走来。
轻柔的鼓声在空中回荡，
点燃人们心中舞蹈的火焰。

伴随着低沉优美的鼓声
摩肩接踵的人群翩翩起舞。
塔布拉的鼓点一下一下
人们血脉偾张随声起舞。

柳树随风起舞，
鸽子在屋顶上空盘旋。
所有人会聚在广场上欢快地舞蹈
他们来自祖国的东西南北。

人们引颈舞动仰面欢歌，
人们眉目飞扬手舞足蹈，
那男人一边敲击着塔布拉一边舞蹈
最后消失在周围的人群之中。

希 望

一定要熬到春天，
一定要活到春天，活下去……
在看不见希望的漫漫路途
雨雪不曾停息。

在我的眼里那园中的灯盏
还留着一丝最后的光亮。
在我的心中那飞走的候鸟
还留着枯枝砌垒的阴冷窝巢。

我的爱里有着悲伤的烙印，
凛冽的寒风裹挟着敌意。
我的身体也同样地孤独，
柳树在雨中瑟瑟颤抖。

扑面而来的刺骨寒冷
使我疼痛龇牙，
我岁月的年轮
在树躯里几近折断。

我的生命仿佛这桑树枝
光秃秃没有一片叶子
但在我的血管中流淌的
却是不灭的绿色渴望。

要活着，要活下去

直到遥远的春天带来欢乐。

如果，生命能再来一次

如花绽放吧，然后随风而逝！

月光下的梦

昨夜在水中我看见了那明月，
昨夜在梦中我望见了那条路……
昨夜在梦中我来到了库洛布
仿佛看到了十五六岁的自己。
欢快地走在自家的廊棚下
回到自己的家园
我犹如小鸟归巢般快乐。

我再一次回到美满的家
那从来未曾想到过
墙皮会四处脱落的家。
那笔直坚固的顶梁柱
让我仿佛再次看见了父亲。

绣着图纹的花帽戴在他的头上，
仿佛半个世界的重担顶在他的头上。
仿佛旋转地球的圆形表面
我看见花帽上绣着半个地球的图案。

在父亲身边我总是轻松自在，
我是他一生的宿愿。
他想为我建一座新房，
他想在那里铺一张新地毯……
我看见他为我结婚时准备的长袍
依然还压在箱底。

我至今也不知道，在这个世界

死亡能否被赦免，

一个人不可能永生，

尽管对衰老的痛苦已然麻木

看见厅前假寐的老狗我仍然感同身受。

昨夜我的愿望留在了梦中，

我的影子倒映在水中，

就仿佛是在镜子前欢笑，

那是发自内心的喜悦。

但无人知晓我痛苦的内心，

我泪眼迷蒙，

那痛苦的泪水浸湿了枕头……

清晨我愕然醒来。

明亮的一天失去了光彩，

我又看到了那个无家可归的自己。

看到墙角下的那一团潮气……

庇　护

世界上各个民族都有代表本民族的树
比如，俄罗斯的白桦树，阿拉伯的柿子树，罗马尼亚的橄榄树，
还有中国的橡树。
悬铃木则是塔吉克的象征。

伟大的悬铃木，哦，你为人们遮风挡雨，
哦，你是如此温柔，哦，你是无声的朋友。
我在怀中揣着半块馕，人生路途道阻且长
我向你祈祷向你寻求庇护。

在我的肌肤上酷热满痕，
仿佛你的树皮被遍体灼烧。
哦，仿佛在这片土地上，你是被炙烤的植物，
你的皮肤由白皙变得黝黑。

自弯曲的天际有无数苦难加诸尔身，
命运也将施予我同样的无尽磨难。
我的躯干仿佛你空心的树干，
我为你而感到惘然。

在你的树荫下有大片阴凉，遮风挡雨的悬铃木啊，
波斯人民的庇护者，有一道箴言被他们口口相传
在你庇护下的土地上人们拥有上天赐予的食物，
并最终于你的庇护下踏进坟墓。

在树脚下的阴影里我可以兀自酣睡，

但我却不敢靠近你那神圣的光辉，
直到我能在布满荆棘的前路上勇敢独行，
直到我在这美好的世间抛却我所有的过错。

我怀揣你的叶子作为护身符，
无法预料的死亡便不会降临在我头上。
我虔诚地走向你并向你祈祷，
希望你庇护我于茫茫前路。

挚　爱

塔吉克斯坦，我的母亲，我亲爱的母亲，
我甘愿跪伏于你脚下。
犹如一个孩子，请求母亲祈祷，
希望你的祝福常伴我身旁。

在前所未有的世界大战期间，
塔吉克斯坦，体贴的大山母亲，
你怀抱着孩子般的平原麦谷
让这嗷嗷待哺的孤儿投进你的胸怀。

曾经稚嫩的孩子逐渐地成熟，
你黝黑的发辫也变得斑白。
为了造福子孙后代
希望在你的心底生根。

焕然一新的土地上的孩子
在你温暖的怀中被精心地照看。
太阳的光芒仿佛希望的光辉
在你的心中和灵魂里永存。

如今家家户户儿孙满堂，
我的塔吉克斯坦，我拥有兄弟众多。
无家可归的孩子们被命运眷顾
他们的权利要在我之前。

塔吉克斯坦，我的母亲，我的挚爱，

你纯洁的衣裙就是世界的衣裙。

有多少衣衫缝制成你的衣衫

穿在孩子身上就好像穿在了世界的身上。

塔吉克斯坦，我的母亲，永恒的爱啊，

人们请求你给予母亲般的祈祷。

祝福孩子们好运常伴

将祝福的面粉撒在人们肩上[1]。

---

1 撒面粉以示祝福是塔吉克人的一种文化习俗。

穆罕默德·厄伊布
（一九五四年至今）

穆罕默德·厄伊布出生于丹嘎拉地区。一九七七年毕业于库洛布教育学院数学系。从事过广播电台记者工作，在《文学与艺术》周刊工作过，担任过哈特隆州广播电视局局长、塔吉克斯坦国家广播电台副台长、国家电视一台台长、塔吉克电影制片厂负责人和《共和国报》的主编。

穆罕默德·厄伊布二〇〇一年获誉塔吉克斯坦人民诗人，是二〇〇八年鲁达基国家文学奖获得者。

爱国主义

一条路，我不会看到它的尽头，是爱国主义，
一种痛，我不会看到它的治愈，是爱国主义。

让血脉与每一寸土地相融，灵魂由此存在，
我不会看到不关心灵魂的躯体，是爱国主义。

馕坑用火与盐水烘烤出美食，
我不会看到它索要一点儿食馕，是爱国主义。

一个人，经历敌人的弹箭伤痕累累，
但我在他的眼中不会看到哭泣，是爱国主义。

让分裂主义者至死都不得安宁，
我在这集体中不会看到他们的分裂，是爱国主义。

如果不去为祖国思考，那么要头脑何用，
我不会看到他愿望中的空虚内心，是爱国主义。

所有人都在寻找解决自己困难的捷径，
我不会看到那种困难中的投机取巧，是爱国主义。

甘愿奉献，穆罕默德，不去抱怨沉重的负担，
我不会看到他为自己的生命后悔，是爱国主义。

纳乌鲁孜节的祖国

纳乌鲁孜节时花圃里繁花似锦，
纳乌鲁孜节时热闹非凡，
纳乌鲁孜节的祝福无处不在，
塔吉克斯坦是纳乌鲁孜节的故乡。

家家户户散发着纳乌鲁孜节的气息，
家家户户洋溢着纳乌鲁孜节的气氛，
所有人穿着纳乌鲁孜节的服饰，
塔吉克斯坦是纳乌鲁孜节的故乡。

名叫纳乌鲁孜，姓叫纳乌鲁孜，
每一个幸福的人都叫纳乌鲁孜，
纳乌鲁孜节是如愿以偿的时节，
塔吉克斯坦是纳乌鲁孜节的故乡。

祖国的山脊原野绿意盎然，
祖国处处绿装披裹，
绿色是纳乌鲁孜节日的灵魂，
塔吉克斯坦是纳乌鲁孜节的故乡。

所有信徒的愿望都将实现，
所有的福祉都是上天赐予，
纳乌鲁孜节的集会无处不在，
塔吉克斯坦是纳乌鲁孜节的故乡。

父亲的院子

灌木丛仿佛轻颤的睫毛,
叶子好似生辉的双眸。
果实坠在老桑树肩上
葡萄犹如正要酣睡的孙儿。

看,南瓜好像发光的蜡烛
在藤条之下是多么美丽,
好像热情好客的农民
傍晚时分常相互串门。

绳结系在奶酪的袋口,
筐篮挂在木柱之上。
屋顶仿佛一张张餐桌布,
堆满了苹果、梨子和枣儿。

羊圈里传出羔羊的叫声,
笼中的小鸟叽喳鸣叫。
秸秆与稻草堆砌墙头
好似孩童在嬉戏玩耍。

那小小的农舍,仿佛我们的心
所有的门儿都没有锁闭,
那里是我们珍视的家园——
白发的老人同老伴坐在一起……

梦想的家园

在我梦想的家园和路途，
在我的陈年回忆中，
所到之处都留下了印记，
将记忆的片段串联起来。

父亲在墙后砍柴，
母亲在灶前烤馕。
弟弟，他是教师，在读书
课外知识比大家都渊博。

我回想起儿时的记忆里
在守护菜园和葡萄园。
饥饿的燕子、乌鸦和麻雀
在它们芬芳的泥土后面。

广阔的田野和乡间小路，
是我孩童时玩耍的天堂。
当我离开了那片土地，
即便世界如蜜于我却似毒药。

在公正的家园平等的学堂
我的童年时代在那里度过。
为那地方上百次地祈祷
那里的每位长者——我的鲁达基。

记住所有学到的东西，

让我的一生走在正途。
从生命的千头万绪中，
自己去解开一个又一个结。

我抛洒热血心潮澎湃
一生风尘相伴。
在这片土地我内心不再恐惧，
因为所有人都长眠于尘土。

在我梦想的家园和路途，
在我的陈年回忆中，
所到之处都留下了印记，
将记忆的片段串联起来……

抒情诗

清晨的露珠是夜晚流淌的眼泪，
每个人看见这黑色的遗痕，都心生伤悲。

在我心河的岸边生命的悲伤行走，
我之胸怀，遭受痛苦，默然哀悼。

人类的荣誉好像石头击向高傲的镜子，
无叶无果的葡萄藤蔓也有着低垂的头。

一百个愚笨的头脑不及一个智者，
许多人手握匕首做什么，装腔作势罢了。

不要在背后诋毁一个人的荣誉，
如果人对自己的一言一行心怀畏惧。

塔伊[1]的旅行没有给世界留下标识，
但是霍塔姆，留下了他永恒的足迹。

体验到忘恩负义的我们无需难过，
在喧嚣的土地，穆罕默德，收获甚微。

---

1 塔伊：全名霍塔姆·塔伊，阿拉伯男子名，他以慷慨和友善而闻名。

祖丽菲娅·阿托
（一九五四年至今）

　　祖丽菲娅·阿托出生于索格特州贡奇区。从莫斯科高尔基文学学院毕业后，她先后担任过《苏维埃塔吉克斯坦报》的工作人员、《教师》周刊副主编、女性杂志《绿松石》的主编。

　　祖丽菲娅·阿托于二○○九年获得塔吉克斯坦人民诗人称号。

化妆师

我们——是女艺人，
但在工艺品上我们是匿名的。
清晨用笔
重新妆扮我们的脸，
将会出现一张新的脸，
一张没有痛苦难过的脸，
一张漂亮的脸。

清晨我们用各种颜色妆扮自己的脸，
直到青春活力重新回到脸上，
直到皱纹从脸上消失。

我们首先描画眉毛
用黑色的眉笔，
直到眉形像蛇舞动。
我们用黑色睫毛膏
涂抹我们忧郁的眼睛，
忧愁的眼睛
变成了迷人的双眼。

我们在那时把嘴唇涂成红色，
那嘴唇上像郁金香在闪耀。

我们——是女艺人
用每一个形容词妆扮我们的脸，
我们总是在改变自己的脸，

在我们面前是高超魔术师和拙劣技艺留下的脸。

但是没有人问我们，

你的真实面孔，最近的，在哪里呢？

自己的旅伴

那时我想成为自己的盾牌，

在生命之路上与自己为伴。

时而成为河流时而成为火焰，

自己的黎明清晨，成为自己的希望。

从人生度过的每一小时中受益，

声誉良好的主人需要拥有自己的技艺。

在我童年时，遗憾地，我的父亲过早地离世，

那时候起，亲爱的朋友们，我就成为了自己的父亲。

新 诗

我想朗诵一首新诗，
那里有灼伤和痛苦。
我想朗诵一首新诗，
那是对冰冷内心的安慰。

我向你把内心世界敞开，
让我诉说内心热恋的烦恼，
让我诉说从前的故事，
让我的童话传遍千家万户。

在那首新诗里——我的生命之手
让我将外在与内心世界流露，
我想朗诵一首新诗——
让所有陌生的人都认识我。

女强人

你说我是一个女强人，你何时见过我的拳头，

我向着光飞翔，我的手指充满力量。

是的，我是一个女强人，但我要转身飞翔，

你看见我沉醉的手指如同看到我飞翔的决心。

我是火，我是金子，我要飞向天空，

你在我身上看到古老的图景。

有时我成为自己的盾牌，有时我成为自己的父亲，

看到太多懦弱的男人我只能让自己变得强大。

面对着外界的攻击，我手中拿着无畏的笔，

在两个世界中，我的心说，我的笔就是我的依靠。

摇篮者

坐在屋檐下
从早到晚，
摇着摇篮，
婴儿在酣睡……
哎，哎，哎，这是什么情况，
你的摇篮里竟是空的。
你的孩子不见了，
他离开了你。
但是你却毫无知觉，
唱着摇篮曲直到清晨！

穆哈马达里·阿加米
（一九五四年至今）

穆哈马达里·阿加米出生在瓦赫什地区。一九八一年，他毕业于塔吉克斯坦国立大学塔吉克语言系。他曾是广播电台的记者，也是库尔干秋别市作家协会的执行秘书。他目前是塔吉克斯坦作家协会的负责人之一。

穆哈马达里·阿加米是图尔逊佐达文学奖获得者。

尊严之笔

应该像艾尼那样去演说，
应该怀有对祖国的牵挂。
应该对建设者演说，发表演说，
演说塑造了一个建国者。
艾尼使"塔吉克之声"变得有名，
塔吉克民族团结的时期已经到来。
即使后背伤痕无数也绝不屈服，
手中的笔成为他的拐杖。
演说对建设者就像永久不腐的木乃伊，
演说能治愈我们心中的伤口。
他的演说内容如此丰富，
具有自己的标志和奥秘。
他点燃我们灵魂的灯盏，
他带给我们生活的意义。
艾尼给每一个绝望者带来了希望，
给每一个冰冷的人带来了温暖。
历史鲜活的回声，是艾尼，
如果这不是伟大，还有什么可算伟大？
艾尼的传记对我们是一种教诲，
我们的每一年都是艾尼年……

在石头之间……

时常
问自己，
在塔吉克斯坦的土地上
这么多石头
从哪里来
怎么出现的……
在塔吉克孩子的心里
这都是尊严
它们来自哪里……

我回答自己：
很多塔吉克人
他们扔弃了石头，
内心在流泪……
直到自己不再播种，
直到自己不再建设家园，
直到塔吉克的种子枯瘦，
在石头之间……

我的人民的命运处在动荡的世界
他们的生活并不轻松，
在绞刑架下，
在屈辱下
生活过。
很多的塔吉克人
他们扔弃了石头，

内心在流泪……
但是塔吉克人，
并没有屈服，
为了祖国的未来
可以献出头颅但不会出卖身体……

捡石头，捡石头，
在山沟里，
在山沟上，
用石头建造家园，
用尊严建造家园，
用自己山中的石头建造家园，
用自己祖先的尊严建造家园，
一切都在石头中生存下来……

致祖国的土地

撬开夜的门锁，太阳出来了，
像个越狱回来的囚徒。
仿佛从敌人的包围中逃脱，
这爱国者浑身是血地回来了。

为祖国的土地一个人的生命
应该像太阳一样活着，
应该从黑暗的夜晚走出来
带来那升起的太阳的温暖。

如果我们希望民族繁荣昌盛，
我们热血的语言必须苏醒，
我们热血的语言必须像太阳，
我们热血的语言必须发挥力量。

要想达到心中的目标没有捷径可走，
还需要拆除很多阻碍的高墙。
需要找到太阳的居所，
如果我们希望与太阳紧密相连。

团结的讲坛

团结的讲坛是我们的讲坛，

团结的国家是我们的国家。

和平是稳固的，知道为何吗？

因为团结的领袖是我们的领袖。

我们不与任何人争斗，

团结的阵地是我们的阵地。

除了爱的美酒我们不做他饮，

团结的酒杯是我们的酒杯。

希望展现自信的生活

团结的信仰是我们的信仰。

深情的诗人总是不弃不离，

团结的诗作是我们的诗作。

祖国和胡达[1]都是我们的见证，

团结的舞台是我们的舞台。

它有着英明强大的政权，

我们的祷告本身就是另一种团结。

---

1 胡达：通用突厥语、波斯语和乌尔都语的穆斯林通常将真主安拉称为胡达。

书

比国王的宝座还要高贵的是书，

是的，至高无上的是书。

科学可以取代世界，

充满智慧，充满意义的是书。

用奥秘用教育用知识，

如果你内心饥渴，书就是河流。

从昏暗走向光明

指路明灯只有书。

强大有力而聪慧，

有的人生命中离不开书。

没有书，他的思想将会干涸，

任何泉溪河流的源头都是书……

尼佐姆·卡希姆
（一九五八年至今）

　　尼佐姆·卡希姆出生于博赫塔尔（今库尔干秋别）。一九七九年毕业于塔吉克斯坦国立大学塔吉克语言系。先后做过记者、塔吉克斯坦作家协会外事部门工作人员、《东方之声》杂志的文学编辑、《文学与艺术》周刊主编、文化部的主编、塔吉克斯坦作家出版社高级编辑和塔吉克斯坦少儿频道电视台台长。他曾两次担任议会代表，目前是塔吉克斯坦作家协会主席。

　　尼佐姆·卡希姆是"杰出成就奖"获得者（二〇〇一年），鲁达基国家文学奖获得者（二〇〇六年），塔吉克斯坦人民诗人（二〇一四年），独联体"联盟之星奖"获得者（二〇一七年）。他二〇一一年获得"塔吉克斯坦共和国国家独立二十五周年"荣誉勋章，二〇一八年荣获乌兹别克斯坦政府颁发的"劳动荣耀勋章"。

愿　望

我奉献出青春，希望祖国变得年轻，
我奉献出生命，希望祖国和平安全。

戕害之风从四面八方吹向祖国，
让我的春天做盾牌，希望祖国安然无恙。

我让战火硝烟远离了这片土地，
让它的天空彩虹般辉煌绚丽。

我用母亲的乳汁向人民发誓，
希望他们一生的幸福犹如母亲的乳汁。

把我敞开的心与笑脸展现给世界，
让我不大的祖国在世界眼中变得辽阔无际。

让我的语言出现在世界高高的讲坛之上，
让欢声笑语的人民与世界共同分享。

虽历经苦难，却未曾失去希望的蓓蕾，
让这个国家不再遭受屈辱能够繁荣发展。

每一座花园都将心花怒放的讯息传递给我，
每一片草地都将生机盎然的绿意展示给我。

在我的双眼里有着祖国所有的一切，

我的心与老幼大众的思虑悲欢在一起。

让美丽的塔吉克斯坦在世界拥有名气，
从世界的王冠宝座中我唯有这样的愿望。

祖国啊，任重而道远……

祖国啊，任重而道远，建设新的事业！
你有着充实的新日子，创造新的生活！

为了你心灵中无数的美好未来
建设新学校，培养新教师！

以新的思想，新的言语，新的行动
建设新的纳乌鲁孜节，锻造新的纳乌鲁孜人！

在每一座泥土建造的美丽花园里，
在你人民的内心建设新的花园和春天！

清扫道路创造模式，棒极了，
成为这道路和模式新的开拓者是值得的！

建设比撒马尔罕和布哈拉更好的城市，
应当建造新的城墙——新的王国！

美丽的心，宽广的心，纯洁的心
都源自你创造的新期待！

为了年轻人——建造充满自豪和创意的场所，
为了将年轻的他们锻造成富有经验的老手！

供骏马驰骋之地多了，马上骑士自然也会增多，
为新的骑手建造迈向生活的新马鞍！

在所有的角落并不缺少你笔直的道路，
在每一个贪婪者身后培育新的拯救者！

在这古老的土地上建设新的国家，
带着这古老的愿望成为新的国家的主人！

我建设，你毁坏……
——给祖国的破坏者们

我全心全意地建设这家园，你却将它毁坏，
我建设一个童话般的国家，你却将它毁坏。

生命以爱为首，用充满信心的砖石
我一砖一石建设家园，你却将它毁坏。

以男子汉的气概带着热情与才智
我建设国家的方方面面，你却将它毁坏。

从前人的辉煌传统，自己世界的精神之中
我努力培养充满正义的风气，你却将它毁坏。

克服古老习俗和传统的很多障碍
我建设全新的道路与风俗，你却将它毁坏。

你用繁多的戒律扼杀无数的欲望，
我努力地培育无数的幼苗，你却将它毁坏。

我给飞蛾翅膀，让它相信爱情，
我创造了飞蛾扑火的传说，你却将它毁坏。

熄灭点燃的蜡烛，驱散聚集的人心，
我努力让大众会聚到一起，你却将它毁坏。

每一次你让这一切消失，我都加倍地重建，
我建设永恒的世界，你却将它毁坏。

……天空之下，只要大地上仍然有毁灭的欲念，
我们也会有建设的信念，这标志永不熄灭！

遥远的路

用这个世界上所有的痛苦
有时也不能触及我内心的痛苦，
通往诗人之路还很遥远，
有时我也不能到达他的处所。

我在这条路上有时内心喜悦，
有时有太多悲伤痛苦，
我走上这条路，却不能到达，
大地上没有一条路比它更长。

危险的道路上会有强盗
使我在路上处处遭受阻拦，
那强盗——做着无法无天的事，
那强盗——极尽奢侈狂欢享乐。

他们阻拦我的道路并使得
我的心犹如空空的口袋，
我总是在这条路上带着
犹如空口袋的灵魂与身体……

用这个世界上所有的痛苦
有时也不能触及我内心的痛苦，
通往诗人之路还很遥远，
有时我也不能到达他的处所。

我始终记得这个地方

如同游子，心忧祖国，
像诗人一样活着直到死去
我的梦想就在这个地方。

诗 人[1]

诗人，用语言之砖建造家园，
仁爱地将无家可归者安置在那里。

用温柔的诗句，充满智慧的内容
引领众多的盲人走向光明。

心灵的渴望，来自充满甜蜜的灵魂，
让他们内心的滴水汇聚成溪河。

为了城市的艰难呼吸者，人世的伤心绝望者
在自己的诗歌空间创造快乐的草原。

用美好的暗示，用开心的寓意
让人们烦忧的生活变得美好。

用如歌的韵律，用如良药的诗句
治愈心灵的病痛。

生命自有璀璨诗词，赋予自我意义的生命
让石头荆刺变成巴达赫尚的红玉石。

他应该用简单的词句表达丰富的意涵，
用言语的魔力让丑陋变得美丽。

1　原诗无题，现题目为译者所加。

对那些迷失方向的精神，深陷泥泞中的人们
用自己诗歌的激情让他们走上正途。

从无私的诗人那里获得一切的答案
他的生命只想用诗歌来表达。

鲁斯塔姆·瓦霍布佐达

（一九六〇年至今）

　　鲁斯塔姆·瓦霍布佐达出生于塔吉克斯坦塔吉克博德区。他一九八三年毕业于塔吉克斯坦国立大学塔吉克语言系，并曾在塔吉克斯坦国立大学读过研究生、担任过教师。他曾担任过《苏维埃塔吉克斯坦报》记者、《文化》杂志的负责秘书兼编辑，以及比什凯克人文大学的老师。现在他是《东方之声》杂志主编，同时还是塔吉克斯坦国立大学的教师和该校文学社团的负责人。二〇〇八年，他以毕业论文《现代塔吉克诗歌地位的发展历程和节奏的演变》获得博士学位。

　　鲁斯塔姆·瓦霍布佐达是图尔逊佐达文学奖获得者。自二〇〇八年以来一直是塔吉克斯坦作家协会的成员。

面向太阳

祖国，在你爱的清泉中我的心得到洗礼，

从你无辜的幸福纯洁的内心实现我的愿望。

如果今天我的眼睛让你变得灰暗，对不起，

在很多个充满迷雾的夜晚我寻找着你的星星。

我的心无论在哪儿看到你的标志，都会用孩子般的爱

亲吻它，把它放在自己的眼前，吸闻它的气息。

为了你美好的生活以苏莱曼尼[1]的方式

我像阿尔伯兹山[2]的希姆尔厄鸟[3]立在那里，与你交流。

当我看到欺诈者肆无忌惮地行骗时，

我用自己丝线般的头发将他们的嘴缝起，

我向你的长者寻求祈佑，也从孩子们那里寻找光亮，

激动的泪水母亲的微笑让我笑逐颜开。

我的呼罗珊之心，就这样围绕着太阳转动，

我从世界的不同地方接受你阳光的沐浴。

1　指诗人帕伊拉乌·苏莱曼尼。

2　阿尔伯兹山:《阿维森纳》中记载的一座位于伊朗北部的山脉。

3　希姆尔厄鸟:传说中是一只神奇的鸟，据称它生活在高山的最高峰上。

勇敢的高峰

——在伊斯玛仪·索莫尼峰[1]下

勇敢的高峰——塔吉克独立的王冠，

如同塔吉克的命运侧卧于世界。

他们每天欢欣鼓舞庆祝那个隆重的生日，

那有永恒印记的塔吉克的纪年。

他精神的希姆尔厄鸟在古老的天空里飞翔，

这世界好像在塔吉克的羽翼下联合在一起。

庆祝的时光啊，从分裂之中脱离出来，

没有比这塔吉克的期望更高的愿望。

达斯坦[2]的贫苦是祖先的仪式，否则

在每座山中都有塔吉克人佐勒隐埋的宝藏。

它的河流将一块块土地连接在一起，

用塔吉克的净土来完成统一的修复。

"国家的黎明到来了……"[3]犹如太阳渐渐升起，

每次打开哈菲兹的诗集我就能读到塔吉克的宿命。

---

1 伊斯玛仪·索莫尼峰：原名共产主义峰，是塔吉克斯坦最高峰。

2 达斯坦：和下一行中的佐勒是同一个人，即《列王纪》中鲁斯塔姆的父亲。

3 此句引自哈菲兹的诗歌。哈菲兹（一三二〇年至一三八九年），波斯诗人，
被称为设拉子夜莺，在波斯文学史上占有重要地位。

布露尔[1]

——母亲的教诲

谁的家都不要去，我亲爱的孩子啊，
在任何一扇门后你都不会找到朋友。
当我的责怨刺伤你的心的时候，
无论你去哪儿寻找，也不会找到我的药膏。
谁的家都不要去，我亲爱的孩子啊。

我布满灰尘的小屋对你已经足够，
这里有着爱与安宁的世界。
父亲爱你的生命胜过所有，
在你的身边是能够排解万难的母亲。
我布满灰尘的小屋对你已经足够。

光彩迷人的布露尔
吸引你去邻居家。
在邻居的身后像影子一样行走，
让你像影子一样留在门后，
那光彩迷人的布露尔！

别难过，来吧，回来吧，亲爱的，
把令你着迷的布露尔带回来。
她的羞涩将会慢慢消失，
保护好你的意中人布露尔。
胡达保佑，我亲爱的孩子，我亲爱的孩子，
保护好你的意中人布露尔！

1　布露尔：姑娘的名字。

祖农[1]的清晨

祖农的早晨多么清新，
女孩们在打扫房间。
比如，有老人在说：
"霍加·阿哈迈德，孩子们都好吗？"

查曼[2]的樱桃挂满了树枝
从墙头伸出到外面。
一个孩子边摘樱桃边告诉另一个
如果有掉下来的，你就把它捡起来。

清晨的道路上满是晨露，
有着土地的气息，却没有尘土的味道。
每一颗微小的心都像太阳一样，
在所有的地方都没有冷冰冰的目光……

马的嘶鸣声传来
从苏尔霍绿色的山丘上。
苏尔霍河的流水声越发轰鸣，
会有什么呢，胡达，护佑它吧。

---

1 祖农：地名。
2 查曼：人名，此处指街道名。

图　画

孩子好像在画些什么，
首先
他们画上房屋、花园、山峦、平原与河流，
画上太阳、云彩和无垠的天空。

当他们长大后开始真正地绘画，
首先
两道眉毛
在它之下
两只眼睛，
在两只眼睛里，
闪烁着光芒
房屋、花园、山峦、平原、河流、
太阳、云彩和无垠的天空。

阿托·米尔霍加·涅鲁
（一九六三年至今）

　　阿托·米尔霍加·涅鲁毕业于塔吉克斯坦国立大学塔吉克语言系。先后在巴达赫尚自治区青年组织和广播电视委员会、《巴达赫尚文化》周刊、塔吉克斯坦广播电台和国家霍瓦尔新闻通讯社工作，担任过《交通》周刊总编、作家协会诗歌部负责人和《塔吉克斯坦共和国报》第一副总编。一九九四年至今一直是塔吉克斯坦作家协会的成员。他创作了四部诗集以及许多儿童读物、戏剧作品、故事和小说等。

　　阿托·米尔霍加·涅鲁是图尔逊佐达文学奖获得者和杰出成就奖获得者。

杜尚别的土地

当母亲从巴达赫尚来看我的时候，
她在杜尚别看到了美好，
这美好犹如恩典
　　花团锦簇的公园和铺满鲜花的街道，
她喜欢上了这样的美景。

杜尚别肥沃的土壤
街道两旁栽种着悬铃木
　　随风起舞
　　　　枝叶摇摆
　　　　　　高大的橡树
　　　　　　　　苍绿的松柏
她喜欢上了这样的美景。

我劳累的母亲从她辛勤劳作的农村来，
或者说远离她可爱的孩子们，
在杜尚别获得了新的灵魂。
有一天她以甜蜜的语言说：
"枯木在杜尚别这片土地上也必将重现绿色！"

当我敬爱的人牙齿脱落老去之时，
她找到镶却痛苦地发现无力咀嚼。
为了让自己晚年的生活轻松一点，
她来到杜尚别将牙齿修复如初。
在此之后她又能够顺利地吞咽，
老人似乎又重获了新生。

跪拜在地表达着对上天的感谢，

她说：

"枯木在杜尚别这片土地上也必将重现绿色！"

我有一个兄弟，他是一个读书人，

学习，学习，再学习……

除了术业有专攻外还学富五车，

无所不知，无所不知，无所不知……

但是好几年了没有新书被带到他的农村，

因此他处于绝望之中，

生病了。

在治疗期间，

他得到了杜尚别医生的帮助，

但医生徒劳无功，

没有人能治愈这痛苦的病症，

病痛折磨得他骨瘦如柴。

但是，有一次

当他路过首都中心书籍满目的店铺时，

他对种类繁多的新书感到惊讶。

正如你所说，每本新书对于他就像是疫苗，

他的病痊愈了。

这正如花枝绽放并宣示：

"枯木在杜尚别这片土地上也必将重现绿色！"

塔吉克斯坦的民族英雄

希林绍·绍铁木尔

带着斯大林的军令从莫斯科来到杜尚别，

开始在这村庄建造塔吉克人的首都

就像从手中失去了布哈拉一样。

这雅利安的雄鹰

正如在纳乌鲁孜节清扫自己的家那样，

他让杜尚别发生翻天覆地的变化，焕然一新。

就如同将他欢度纳乌鲁孜的场所装饰一新，

给这欢度纳乌鲁孜的场所带来希望留下印记，

他说："如果在布哈拉我的绿树已经枯萎，

没有关系，

枯木在杜尚别这片土地上也必将重现绿色！"

我们的民族英雄，

他用笔让我们的民族变得美丽，

他用思想让我们的文化变得美丽，

从他的祈祷中产生了我们的信仰，

或者说，伟大诗人艾尼，

影子不再停留在布哈拉墙上，

在他亲爱的撒马尔罕

    他和他那甜蜜的语言

      也没有停留下来，

用自己摩西般的手拄着他的拐杖，

他前往新的首都——建造了杜尚别

这拐杖有着像穆萨·伊穆兰[1]拐杖一般的魔力，

当他把自己的拐杖带到杜尚别的土地上时，

杜尚别已成为塔吉克人民新的幸福摇篮。

他的拐杖让塔吉克人折断了的手重现活力，

他的拐杖让塔吉克人折断了的脚重现活力，

他的拐杖让我们的血液重新迸发出活力！

艾尼弯曲的拐杖也随之同样重现了活力，

塔吉克人弯曲的拐杖也同样变得繁荣昌盛。

---

1 穆萨·伊穆兰：伊斯兰教圣人，《古兰经》记载其曾以手杖击石，使泉水
涌出。

是的，是的，

每一刻杜尚别纯净的根都在重现活力，

枯木在杜尚别这片土地上也必将重现绿色！

诗人是一个独立的民族

诗人是一个独立的民族，

他们的执念信仰是不同的，

他们的仁爱和恩惠不同，

他们的夙敌和仇人是不同的。

他们的足迹落入凡尘真是遗憾，

是的，是的，他们的土地是不同的！

他们的血比众多的贵族更纯洁，

他们身上的真主之光是不同的。

他们写下并说出的所有——

他们想要实现的愿望是不同的。

他们不相信敌人和朋友，

因为他们的敌人和朋友是不同的。

他们是固执叛逆的民族，

他们的马匹装备和马鞍是不同的！

他们不接受任何的条款，

因为他们的质疑与信任是不同的。

他们让胡达有时也会生气，

因为他们的处境和容身之地是不同的。

即使是中国人印度人阿拉伯人，

他们也是不同的中国人印度人阿拉伯人。

自由的精神迷失在他们体内，

因为他们悲伤的哭泣是不同的。

他们的心获得无数命运之光，

因为他们感知微小事物的眼睛是不同的。

他们会引起美丽女子的仰羡，

因为他们魅惑的气质是不同的。

他们会为人们带来预言，

因为他们内在的世界是不同的。

诗人是一个独立的国家，

他们的王冠、宝座与宝藏是不同的。

他们迈开的第一步是不同的，

他们的最后一口呼吸是不同的。

在瓦赫什河里有我们幸福的金鱼

在没有灯火的房屋里不会有开心，
在没有灯火的国家里不会有生活。

每一个没有被灯火普照的民族，
在它的命运里世界暗无星光。

那些始终绽放着光芒的灯盏，
只有水电能够让它稳定存在。

我们的先辈说得好："行善就是祷告"，
这样的观点不需要做出解释。

每个为罗贡水电站做出自己贡献的人，
他的付出在胡达面前功德无量。

无论多少都能把钱投入其中的人，
不会审判日时在斯洛特桥前战栗等候。

世上无所作为之人必定不会去往天堂。
他的世界没有通往天堂的翅膀。

即使世上所有的宝藏都倾倒在他的脚下，
对他而言，生活中除了光明不会有其他财富。

在瓦赫什河里有我们幸福的金鱼，
在尼罗河伏尔加河亚马逊河幼发拉底河不会有！

罗贡水电站是我们的救赎，
在你的目光与泪水中不会有救赎。

将瓦赫什河的野性驯服，同胞们啊，带着勇气，
如今不再是恐惧怀疑与担忧的时代！

应该用语言建设世界！

用达里语、波斯语、塔吉克语
怎么展示也不为过，同胞们啊！
现在应该去听第一个字母，
现在应该去说第一个字母！

对突厥语不可或缺的投诉要到何时？
谅解它，或者谅解自己！
对这样的区分进行投诉是一种软弱，
如果你是男人，从融合开始你的言语！

在朋友的路上扬尘并不是骄傲，
应该在他的路上建造花园。
真正的男人不应该嫉妒怨恨，
应该让朋友心情愉快！

在语言里自我牺牲有什么意义？
应该用语言建设世界！
应该通过这做事的工具发出指令，
用心来建设世界！

现在应该用母语
来增加自己世界的价值，
应该让自己的母语
从母亲的锅灶馕坑走向世界！

看三十二个字母——

三十二颗话语的珍珠在口中；

三十二颗波斯人智慧的牙齿——

三十二种永恒精神的联系。

让三十二个字母做代表

把丑恶和美好留在这个世界，

用你们民族的语言，同胞们啊，

让世界为你们的民族服务！

穆哈马达里·塞尤乌希
（一九六三年至今）

穆哈马达里·塞尤乌希出生于博赫塔尔（今库尔干秋别）。一九八五年毕业于塔吉克斯坦国立大学塔吉克语系。曾做过记者，担任过《文化》杂志社的员工。目前，他在吉尔吉斯共和国首都比什凯克生活和工作。一九九一年至今，一直是塔吉克斯坦作家协会成员。

霍努姆河[1]

骄傲而美丽地流淌，无助而孤独地流淌。

犹如我内心难抑的澎湃激情。

奔腾不息，波涛汹涌，

　　　霍努姆河，霍努姆河。

清晨你的衣裙是太阳的礼拜之毯，

夜晚你的胸怀是月亮的沐浴之所。

你的河水与太阳月亮的光辉融会在一起，

喝一捧你的河水是一种恩典。

但是看到此刻你疲惫沮丧

我内心的声音在回响

　　　就好像一只杯子在手中破裂。

我清楚，在这座美丽的城市

没有人拥有像你一般的爱情，河流啊，没有人。

你一颗温暖的心在城市的身体里，

疲惫不应属于你，不属于。

你身着的外衣在我眼中，并不适合！

在抗争不屈的一生之后

在我眼中你的懈怠屈从，并不适合！

再一次抗争，直到新的开始。

再一次怒吼，直到新的征程。

在这座无声的城市舞台再唱一首歌，

直到每个角落都响起新的旋律。

再一次奔腾不息吧，再一次波涛汹涌，

1　霍努姆河：位于塔吉克斯坦库尔干秋别地区的一条河。

原谅现在的自己也原谅那些堤岸，

继续前进，朝着人民的方向，

霍努姆河，霍努姆河！

迁徙的大雁

时节到了。
花园尽染落叶的色彩，
清晨迁徙大雁的鸣叫
声声入耳仿佛邀请我踏上远途，
时节到了，走吧
　　去迎接阳光。

时节到了。
我应该走过这段旅程。
现在，启程
扬起忧伤尘土的风吹在我的身上。
那就像，母亲将面粉撒在我的肩上
　　在踏上旅程之前。

新生的幼苗啊——我的妹妹们，
如果我有权利决定这世界的宣判，
那么这四季都应该是春天。
斧柄与枝丫都应来自同一个树干。

时节已经过去了。
我应该穿越这谷地。
新生的幼苗啊——我的妹妹们，
远离漂泊的我
　　在这祖国的土地上
你们这些绿色的枝丫不会干枯！
斧刃不会对你们造成伤害！

惠泽之泉

如泉水般纯净啊，
如冬天的清晨般纯净啊，
如生活般美丽，
如梦般甜美。

唉，这不该是你的模样
遭受各种眼神的污秽。
我最好，闭上自己的眼睛，
不用这充满邪恶的眼神看你。

我对你并不贪婪就如同对太阳
只是每天清晨远远地望着你，
或者，用想象的手掌抚摸你
远远地隔着空气亲吻你。

如阳光般纯净啊，
你看着我，犹如太阳照射大地，
直到从我腐烂的泥土里冒出
无数绿色的春天，
无数美丽的花园。

惠泽之泉啊！
允许我，在你的眼中让自己变得无辜，
允许我，在你的眼中看到自己的日出，
直到让我相信自己是雅利安人的后裔，
带给我信仰，相信自己是太阳的孩子！

塔里布·卡利米·奥扎拉赫希
（一九六三年至今）

塔里布·卡利米·奥扎拉赫希出生于艾尼地区，毕业于塔吉克斯坦国立大学。他是塔吉克斯坦国家广播电视台的编辑，负责索格特州"联盟"剧院的创作与演出，也是索格特州电视台的编辑、索格特州《交通》和《文学与艺术》周刊的记者。

塔里布·卡利米·奥扎拉赫希是"杰出成就奖"获得者、图尔逊佐达文学奖获得者和卡莫尔·胡占德文学奖获得者，二〇一九年获誉塔吉克斯坦人民诗人。

爱[1]

你可以在任何地方找到另一个家和馕，
你可以在任何地方立下另一个誓言约定。

你可以让曾经的敌人变成朋友，
而忘却其他朋友的惦念。

你可以对每个心爱的姑娘献出灵魂，
移情别恋，投入另一个姑娘的生活。

你也可以像轻狂的风肆无忌惮
从一条街道刮到另一条街道。

你可以笑，可以哭，可以就这样活着，
但在任何地方，你再也找不到另一个泽拉夫尚。

你可以随身带着一抔家乡的泥土出发
但在生前死后不会再有另一个塔吉克斯坦……

1　原诗无题，此题目为译者所加。

请告诉他，再来吧……

请告诉冬天的老人，
　　那傍晚季节交替走过河边的时节，
请告诉他，再来吧。
即使园丁的花园呼吸已冻结，
河渠里奔淌的流水舌头已冻结。

所有的树木像乞丐的手指一样弯曲，
众多的希求都已经转向胡达。

多么糟糕，一座绿色葱郁的花园
再一次被皑皑白雪覆盖
它的整个树木花草荆棘刺丛
不再被任何人所关注。

可是
　　请告诉冬天的老人，
　　　　那傍晚季节交替走过河边的时节，
请告诉他，再来吧，
让花园知道春天的味道，
知道等待的我的痛苦……

感　谢[1]

我们的夜晚泛起白色，感谢这月亮！
我们的梦想变得明亮，感谢这梦想。
我们纯洁的诗歌被赋予甘醇的蜜汁，
感谢这开心快乐的生活。
夜晚我给图斯的国王写下一封信，
让苏赫罗布在鲁斯塔姆面前一直活着。
泽拉夫尚河的哭泣让布哈拉拥有了绿色，
在杜尚别的一侧瓦尔佐布河依然活着！
少女两鬓的发辫使小伙的心跳加速，
让这颗心儿跳动吧，让那颗心儿跳动。
心上人的旋律还活在我们的记忆里，
这鲜活的旋律在记忆里鲜活地存在！

1　原诗无题，此题目为译者所加。

无　题

一滴水对另一滴水讲述河流的故事，
一颗微粒对另一颗微粒讲述河流的传说。

每个人都清楚自己的位置，这是明智的，
大海各不相同，有的懂得恪守海岸的边界。

如果在世上拥有财富，应当心满意足，
对于贪得无厌的人一捧尘土足矣。

那一刻的快乐啊，是在世间仁爱里
每个人都捍卫着自己所以为人的身份。

奥扎拉赫希，世界的起点和终点都是：
关爱他人，你的生命也会眷顾于你……

法尔佐娜·胡占蒂
（一九六四年至今）

　　法尔佐娜·胡占蒂出生于胡占德市。一九八五年，她毕业于列宁纳巴德（现胡占德）教育学院塔吉克语言文学系，后曾在此任教，还曾任职于索格特州报社，目前在塔吉克斯坦作家协会胡占德分会工作。

　　法尔佐娜·胡占蒂二〇〇一年获誉塔吉克斯坦人民诗人，是二〇〇八年鲁达基国家文学奖获得者。

书写传说的人

我渴，我渴，我想要清凉的水，
我想和花叶上的露珠一起入睡。
在失业的人群中，在时代的喧嚣中
我失去了自我，我要寻找自我。

不要和我空说口号，不要命令我，
哦，口号，哦，命令，我对这一切不感兴趣。
不要纸上谈兵，不要再屈膝低头，
和我一起诉说衷肠，我啊接纳你的泪水欢笑。

我不是人为的雕塑，不是台上的稻草人，
我的血脉里流淌着鲜活的热血。
远离语言的商贩，聆听我充满活力的声音，
在这些商贩中我是唯一的歌手。

无论我多么聪慧，仍然会表现出大智若愚，
我与花叶上的露珠同在一起，在一起。
在空虚的夜里或许有人在制造话题，
为了与他作对我在二十世纪创作传说。

鲁达基

我沿着泽拉夫尚河来到了布哈拉，

我从四散的人群逃离来到了索莫尼身边。

我到来的讯息让布哈拉人民睁开了眼睛，

因为我就像太阳带来了指路的明灯。

在世界四处漂泊的人有着对诗歌的渴望，

人民曾拥有自己的国家有着温情的时代。

阿贾姆人[1]曾有过纳乌鲁孜节和明媚的阳光，

索莫尼的宝座曾经存在他的国家曾经觉醒。

我的诗歌曾充满热血在人们的论说中传诵，

和天使一起展翅从满天星河飞过。

我就像那领驼的人一步一步迈着脚步，

带着驼队穿越了茫茫无际的沙漠。

突然之间索莫尼王位的宝座前喧嚣起来，

突然之间塔吉克的土地震荡起来。

敌人让我的指路明灯沉寂，

我的人民留在了无尽的黑暗中。

现今索莫尼的宝座陷入了沉寂，

布哈拉啊，可曾还记得我的声音。

世界拔去了你的翅膀扔埋进你的尘土中啊，

想念我激情翱翔的时代吧。

也许此刻我的诗歌仍然像一位老向导

热情虔诚的跟从者将去往未来。

时至今日泽拉夫尚河仍然满载着我快乐的诗篇

流向布哈拉，流向布哈拉，流向布哈拉……

---

1 阿贾姆人：阿拉伯统治时代指帝国东部讲伊朗语的各民族。

生　活

这里有星星、月亮和太阳，

这里有白昼和不眠的夜晚。

这里有和煦的风，

有平静的大地和淙淙的水声。

这里绿色的春天

在贫瘠的土地上呼吸着清新的空气。

直到真正焕发出勃勃生机。

重新苏醒绿意盎然。

干枯的树木再次恢复生气，

花苞展开了笑颜。

这里有一首歌。

这里母亲的摇篮曲宛如晨鼓

和安静的守夜人一起敲击着夜梦。

摇篮晃动生活的脉搏也在跳动，

大地母亲逃离了夜的河流。

这里有我，以充满梦想的心

向往着美好的未来。

在路途的终点有人等待着我们，

一起去吧，亲爱的啊，去往充满希望的祖国。

那与你同呼吸同命运的人啊，

幸福的是，它的名字叫生活。

信[1]

祖国，我给你写隐秘的信，

用灵魂为你写下的情书。

我用你彩色的字母谱写旋律，

在那彩虹显现之时书写。

在信的首尾两端，

为你，我该如何为你下笔。

原谅我对你无尽的爱，

我用无数的句点书写，

像萨伊洪河，像你的瓦赫什泽拉夫尚庞吉河

除此之外我不停地书写。

以你挚爱的名义，明天的希望啊，

我写下这封古老的信。

1　原诗无题，此题目为译者所加。

达乌拉提·拉赫蒙尼尤恩

（一九六五年至今）

　　达乌拉提·拉赫蒙尼尤恩出生在瓦赫什地区。一九九〇年，他毕业于塔吉克斯坦国立大学塔吉克语言系，先后做过教师和塔吉克斯坦电视台的资深编辑，目前在《东方之声》杂志工作。自二〇〇六年以来一直是塔吉克斯坦作家协会的成员。

　　达乌拉提·拉赫蒙尼尤恩是图尔逊佐达文学奖获得者。

爱国情

没有爱祖国就不是祖国，

就算是，对我来说也不是。

犹如祖国不在，字母散落

我满腔言语却无法表达。

有人假借着祖国之名，因为他的爱

没有与灵魂捆绑在一起。

等到我殓洗入土的那一天，

如果没有棉质的白布，

就用我的柳树叶来编织，

那柳树，不要从花园里获取，

那柳树，不要筑有窝巢

那会让林鸽失去自己的家园。

狭隘的胸膛里不会有爱

内心不会有跳动的欲望。

那颗心，有着唯一的爱恋，

会是谁，如果不是我。

他们说：祖国的代名词是什么？

是爱，没有其他词可以替代！

独立颂

胸中的角落不属于我的内心，

这阴暗之地不是我内心的处所。

狮子，永远不会妥协屈服，

即使有一条锁链，也锁不住我内心的脚步。

钢铁的淬炼不会产生柔软的身躯，

染红的指甲不是我内心的血色。

每一眼干涸的泉水都与我的内心无关，

每一片干枯的叶子都不是我内心的标志。

向塔吉克人民的良心发誓，

那每一颗没有经历我内心磨难的心，都不算是心。

即使是无数颗心之间一颗最纯净的心，

这最纯净的心也不能替代我的心。

好消息

树木啊，从纳乌鲁孜的花苞
让纳乌鲁孜的神话绽放。
让自己与红色的花朵一起显现
纳乌鲁孜的永恒之火。
又仿佛山坡上的巴旦木树
火焰舞动在纳乌鲁孜的肩膀。
愉快地度过，人们啊
珍惜纳乌鲁孜的时光。
让我们欢聚一堂
享受纳乌鲁孜的盛宴。
聆听河水流动的声音，
唱着纳乌鲁孜之歌。
激动的心在舞蹈
伴随着纳乌鲁孜的曲乐。
忘却死亡，多么好啊，
因为纳乌鲁孜而生活！
因为永远葆有绿色
在这播下纳乌鲁孜麦谷的土地。
播种者，用右手播种
将麦谷撒进纳乌鲁孜的土壤。
树木啊，胡达赠予的花朵
传递纳乌鲁孜的好消息。

母亲之歌

挚爱的，漂亮的，亲爱的母亲，

创造幸福，亲爱的母亲。

在这个世界上，人们总是遭受痛苦，

真主啊，不要有痛苦，亲爱的母亲，

真心挚友很多，但是

你离我的心灵最近，亲爱的母亲，

对我来说最优秀的伟大者很多，

但你是最好的一个，亲爱的母亲。

虚伪的大人物为数不少，

你是最真实的伟大者，亲爱的母亲。

如果我看见头顶的太阳

那就是我们相遇之时，亲爱的母亲。

我接受太阳的西落，

因为你是大地的太阳，亲爱的母亲。

我欢喜到了极点，

当你坐到我的面前，亲爱的母亲。

对于一个绝望的世界，

你是最后的希望，亲爱的母亲。

重复之例

清晨的眼睛落下一滴露水，
随后融入干渴的土地。
水滴在大地之下汇集起来，
化作泉水，喷涌而出，汇流成河。

当它们走向河流，成为河水，
河流在那时正走向大海。
无数的水滴汇合起来
滴水汇聚成大海。

奥扎尔·萨利姆
（一九六八年至今）

奥扎尔·萨利姆出生于哈特隆州沃赛地区，毕业于库里亚布国立师范学院，参军服兵役后，他在哈特隆州政府行政机关和内务部任职。自二〇〇八年以来，他一直担任塔吉克斯坦作家协会的执行秘书，同时担任哈特隆州教育部门期刊杂志《学校》的主编。二〇〇三年，他成为塔吉克斯坦作家协会的成员。

奥扎尔·萨利姆是二〇一五年图尔逊佐达文学奖获得者。

母亲是天使

母亲是天使，只是没有羽翅，
她应该有羽翅，只是她不知道。
或者她自己知道，但是
她不愿意和我以及父亲分离。

小时候我想送给母亲
一件礼物，但那时我的口袋没有钱。
在那青年时期我有了薪水
但当时我的心里除了爱情别无所想。
当我产生送她礼物的想法时，母亲
她的嘴边全是"别，孩子啊……"

母亲是天使，张开翅膀飞走了，
因为死亡无可避免。
母亲是天使，真的，她是天使，
即使她没有飞翔的羽翅。

祖　国

以母亲的乳汁和伟大的胡达之名发誓，祖国
心儿离不开你就像花香离不开花儿，祖国。
为了你的绿色永驻，就像张开双臂的树苗
我用树叶般柔和的语言祈祷，祈祷，祖国。
如你所说我带来了证据，母亲，
用事实可以证明我们说过的话，祖国：
在天空的餐布你摆上太阳般的热馕，
无论在何处我的眼睛因你而充实，祖国
当你迎接归来的游子，那一刻
你擦干了自己的眼泪，祖国。
月亮向夜晚抛洒月光，喜欢在街头玩耍的孩子
看到你不再害怕漆黑的夜晚，祖国。
无论走到哪里，我都会带着泥土，
我的感觉因这熟悉的气息而变得愉悦，祖国。
没有韵律，假如我这样说：
祖国在我明亮的眼里，祖国在我纯净的胸中。
你总是像河流般冲洗涤荡着我，
使我不断为你谱写新的乐章，祖国！

狮子与鬣狗

鬣狗说：孤独的狮子
如果捕获了猎物，也有我们的一份。
孤独的狮子在一群鬣狗中间
虽然是狮子，但却是孤独的。

狮子笑着说：是的，但是
成为狮子是命运的安排，
孤独的狮子在一群鬣狗中间
虽然孤独，但仍然是狮子。

来吧，咱们别走

来自这家园的爱之心啊，来吧，咱们别走。
所有离去的理由都冠冕堂皇，来吧，咱们别走。

如果有一个窝巢，可以努力寻找到食粮，
那么无需再去其他的地方，来吧，咱们别走。

爱情的信仰不是只有唯一，
无需像飞蛾扑火，来吧，咱们别走。

除了爱情，还有许多未尽的传说，
为了那些故事和童话，来吧，咱们别走。

你们的爱就像根在东方情趣却是西方的赝品，
去往西方的迁徙者，来吧，咱们别走。

译后记

作为诗歌爱好者，一次偶然的机会，我在北京王府井书店看到"'一带一路'沿线国家经典诗歌文库"，中亚国家已有出版。这唤醒了我在塔吉克斯坦工作期间的那个夙愿，即将塔吉克斯坦近现代优秀诗人的诗歌译介到国内来。经过与相关机构和人员沟通，事情进展很顺利。通过塔吉克斯坦驻华使馆的联系，恰好塔作协主席卡希姆先生编写有现成的诗选，这为我们提供了极大便利。在卡希姆先生选本的基础上我们做了进一步遴选，并组建了翻译团队开始着手工作。经过一年多的努力，这部诗选最终付梓出版，与大家见面，为此，我们备感欣慰。

这部诗选是集体的结晶，我们团队的优秀成员和具体分工为：

王惠娟，一位广受塔吉克斯坦人尊重和喜爱的汉语教师，在当地工作十余年，并有着一段美好的跨国姻缘。她主要负责第一至十六位诗人的诗作初稿翻译；

张雷，孔子学院汉语教师，塔吉克斯坦国立大学塔吉克语言文学博士，她主要承担了第十七至二十二位、第三十五至四十四位诗人的诗作初稿翻译工作；

李玥，北京外国语大学非常优秀的塔吉克语专业本科学生，她承担了三十三、三十四两位诗人的诗作初稿翻译工作；

我主要负责第二十三至三十二位诗人的诗作初稿翻译，并对全书诗稿进行了二稿校审和最终定稿。

当然，我们的团队还应该包括两位友好的塔吉克朋友：

阿列先生（Normahmadov Asliddin），他是王惠娟老师的爱人，他的热情参与和严谨认真的态度对诗选的进度贡献良多。

穆志龙（Nosirov Amriddin），他曾是我的学生，现在是优秀的外交官。这项工作的前前后后都有赖于他的积极协助，他在繁忙工作之余利用自己娴熟的双语能力为确保诗选质量发挥了至关重要的作用。

在这里，还要感谢塔吉克斯坦驻华使馆参赞穆罕默德先生，他的热忱参与为我们搭建了顺畅的沟通桥梁；塔吉克斯坦国立大学欧亚语言系系主任鲁斯塔姆先生，他在诗作遴选方面提供了主要的参考意见；夏冉博士，他做了许多前期准备，遗憾的是因为个人缘故未能继续参与这项工作。

作家出版社徐乐女士、北京大学外国语学院吴杰伟副院长和刘迪南老师都为诗选的出版提供了必要的帮助。他们的支持、鼓励和背后的付出是这项工作能够完成不可或缺的因素。

本书当然并不完美。塔吉克诗歌传统悠久，但我们并未对历史进行追溯。此外，诗歌遴选主要参考了塔吉克斯坦朋友的意见，因而在主题上显得相对集中。囿于我们的语言水平和时间关系，翻译中还有很多的不足之处，包括诗歌的韵律、遣词造句、意象表达等诸多方面。好在本书只为抛砖引玉，相信这只是一个开始。

最后，诚如卡希姆先生所言，希望这部诗选能让更多的中国诗歌爱好者了解塔吉克斯坦现当代诗歌创作情况，为"一带一路"上中塔两国的人文沟通和交流做出些许贡献。

邓　新

二〇二〇年九月

于朴石斋

总　跋

经过两年多时间的筹备与组织，"'一带一路'沿线国家经典诗歌文库"终于陆续付梓出版，此刻的心情复杂而忐忑，既有对即将拨云见日的满满期待，更有即将面见读者的惴惴不安。

该项目于二〇一五年下半年开始酝酿，其中亦有不少波折和犹疑。接触这个项目的所有人都无一例外地认为，这是应该做而且只有北大才能做的事情，也无一例外地深知它的难度。

"一带一路"跨度大、范围广，多语言、多民族、多宗教、多文明交融，具有鲜明的文化多样性特征。整个沿线共有六十余个国家，计有七十八种官方或通用语言，合并相同语言后仍有五十三种语言，分属九大语系。古丝绸之路尽管开始于政治军事，繁荣于商旅交通，但其更重要的意义在于促进了人类文明的交往。它连接了中国、印度、波斯和罗马等文明古国，跨越埃及文明、巴比伦文明、印度文明、中华文明的发祥地，是东西方文明交流互鉴的重要通道。

如何更好地展现"一带一路"沿线人民的文化特质和精神财富，诗歌无疑是最好的窗口。诗歌是文学王冠上的明珠，精敛文学之魂魄，而经典诗歌则凝聚着各个国家民族的文化精神和文化理想，深刻反映沿线国家独有的价值观和对世界的认识。长期以来，中国学界和出版界一直比较重视欧美发达国家诗歌的译介与研究，对发展中国家尤其是一些弱小国家的诗歌研究存在着严重忽略的现象。我们希望通过对"一带一路"沿线国家经典诗歌的研究，深刻地了解一个国家，理解它的人民，与之建立互信，促进国内学界对"一带一路"沿线国家文学、文化和文明的了解，弥补我国诗歌文化中的短板，并为中国诗歌走向世界提供思路和借鉴，从而带动与"一带一路"沿线国家的深层次交流，为中国的对外交往和"一带一路"倡议的实施提供人文支撑。

北京大学外国语学院组织国内外相关领域的专家学者，于二〇一六年一月，正式启动"'一带一路'沿线国家经典诗歌文库"项目。该项目以北京大学人文学科的优良传统和北大外语学科的深厚积淀为基础，以研究和阐释"一带一路"沿线国家厚重的历史、文化内涵为己任，充分发挥本学科在文学、文化研究领域的传统优势和引领作用，积极配合和支持国家的"一带一路"倡议，为中外优秀文化的研究、互鉴和传播做出本学科应有的贡献。

北京大学外国语学院牵头组织的"'一带一路'沿线国家经典诗歌文库"项目，旨在翻译、收集、整理和编辑"一带一路"沿线六十余个国家的诗歌经典作品，所选诗歌范围既包括经典的作家作品，也包括由作家整理的、具有广泛影响力的史诗、民间诗歌等；既包括用对象国官方语言创作的诗歌，也包括用各种民族语言创作、广泛传播的诗歌作品。每部诗集包括诗歌发展概况、诗歌译作、作者简介等三个部分。

在此基础上，形成由五十本编译诗集构成的"'一带一路'沿线国家经典诗歌文库"第一批成果，这将弥补中国外国文学界在外国诗歌翻译与研究方面的不足，特别是对部分"一带一路"沿线国家的经典诗歌开展填补空白式的翻译与原创性研究工作具有重大意义，同时对沿线诸多历史较短的新建国家的文学史书写将具有十分重要的价值。

该项目自启动以来，先后成立了编委会和秘书组，确定项目实施方案、编译专家遴选以及编选的诗歌经典目录，并被确定为北京大学一百二十周年校庆的重要出版项目之一，得到学校、校友及社会各界的大力支持，建立起以北京大学外国语学院为核心，汇集国内外相关领域知名专家学者、翻译家的翻译、编辑团队，形成了一个具有高度共识和研究能力的学术共同体。

在这个共同体中的每个人都是幸福的，与诗为伴，以理想会友，没有功利，只有情怀。没有人问过我们为什么要做，每个人只关心怎样可以做得更好。无论是一无所有之时还是期待拿到国家出版基金支持之日，我们的翻译团队从没有过犹豫和迟疑，仿佛有没有经费支持只是我一个人需要关心的事情，而他们是信任我的。面对他们，我没有退路，唯有比他们更加勇往直前。好在我一直是被上苍眷顾和佑护的人，只要不为一己之利，就总能无往不胜。序言中，赵振江教授说了很多感谢的话，都代表我的心声，在此不再重复。我想说的是，感谢你们所有人，让我此生此世遇见你们。如果可以，我还想在此感谢我的挚爱亲人，从没有机会把"谢谢"说出口，却是你们成就了今天的我。

希望通过我们台前幕后每一个人的努力，把"'一带一路'沿线国家经典诗歌文库"项目打造成沿线国家共同参与的地域性的文化精品工程，使"文库"成为让古老文明在当代世界文化中重新焕发光彩、发挥积极作用的纽带和桥梁。

人也许渺小，但诗与精神永恒。

宁　琦

写于二〇一八年"文库"付梓前夜

北京

图书在版编目（CIP）数据

塔吉克斯坦诗选 / 赵振江主编；邓新，王惠娟，张雷编译 .—北京：作家出版社，2021.7

（"一带一路"沿线国家经典诗歌文库 . 第一辑）

ISBN 978-7-5212-1447-5

Ⅰ.①塔⋯ Ⅱ.①赵⋯ ②邓⋯ ③王⋯ ④张⋯ Ⅲ.①诗集－塔吉克 Ⅳ.① I365.2

中国版本图书馆 CIP 数据核字（2021）第 109881 号

塔吉克斯坦诗选

主　　编：赵振江

副 主 编：蒋朗朗　宁　琦　张　陵　黄怒波

编 译 者：邓　新　王惠娟　张　雷

选题策划：丹曾文化

特约编审：懿　翎

责任编辑：徐　乐

装帧设计：曹全弘

出版发行：作家出版社有限公司

社　　址：北京农展馆南里 10 号　　邮　　编：100125

电话传真：86-10-65067186（发行中心及邮购部）

　　　　　86-10-65004079（总编室）

E-mail:zuojia @ zuojia.net.cn

http://www.zuojiachubanshe.com

印　　刷：中煤（北京）印务有限公司

成品尺寸：160×240

字　　数：523 千

印　　张：23.25

版　　次：2021 年 7 月第 1 版

印　　次：2021 年 7 月第 1 次印刷

ISBN 978-7-5212-1447-5

定　　价：83.00 元